Rena Larf - Karl Cyperski - Der Saitenzauberer

Rena Larf

# Karl Cyperski

# Der Saitenzauberer

Die Biografie

Bibliografische Information der Deutschen Nationalbibliothek. Die Deutsche Nationalbibliothek verzeichnet diese Publikation in der Deutschen Nationalbibliografie; detaillierte bibliografische Daten sind im Internet über http://dnb.d-nb.de abrufbar.

„Man sieht nur mit dem Herzen gut.

Das Wesentliche ist für die Augen unsichtbar."

*Antoine de Saint-Exupéry*

# Prolog

Ein sympathischer, attraktiver Musiker mit dunklen, tiefgründigen Augen sitzt mir gegenüber.

Sein Gesicht, eine markante Komposition mit gepflegtem Schnäuzer auf der Oberlippe.

Sein leichter deutsch-polnischer Akzent mit dem unverwechselbaren, rollenden „R" klingt durch den Raum und verwöhnt die Ohren. Dabei fasziniert dieser Mann nicht nur mit seiner rauchig-sonoren Stimme, sondern mit seinen Fingern, die auf seiner Gitarre verschiedene Saiten anschlagen können. Feinfühlig, sanft bis fordernd. Elektrisierend.

Nicht umsonst lieben Frauen Gitarrenspieler.

Sie verkörpern einen Hauch von Freiheit und wildem Leben, von Souveränität und Unabhängigkeit. Im günstigsten Falle sind sie auch noch extrem sexy. Mit Musik kann man eben etwas ganz anderes ausdrücken als nur mit Worten. Sie ist eine Gabe Gottes. Musik ist von allen Künsten diejenige, die uns am meisten berührt.

Es wird eine Begegnung zwischen uns mit einem spannenden Thema. Aber das ahne ich noch nicht.

Seine Körpersprache ist geheimnisvoll, obwohl er dabei auch authentisch bleibt. Er ist keiner, der sich großartig verstellen mag. Er lächelt. Charmant.

Seine schlanken, gepflegten Hände sind voll in Bewegung und begleiten gestenreich seine Worte. „Rena...", sagt er mit diesem rollenden „R" auf den Lippen, das meinem Namen einen wunderbar angenehmen Klang verleiht.

„Rena, ich möchte, dass du meine Lebensgeschichte schreibst!"

Er windet sich auf meinem Sofa, streckt seine Beine aus, schiebt seine Schultern nach vorne und bringt seine Hände vorsichtig zwischen seine Oberschenkel, so als würden sie dort Halt finden.

Zurücknehmen kann er das Gesagte nicht mehr. Es ist raus und steht im Raum.

Aber das will er wohl auch nicht, sonst wäre er an diesem frühen Dienstagmorgen nicht zum Kaffee und einem leichten Frühstück bei mir vorbei gekommen.

„Ich brauche jemanden, der die Magie in meinem Leben in Worte fassen kann!"

Das sagt einer, der geniale Songs komponiert, die wie ein starkes Stück Sehnsucht daher kommen. Unwillkürlich verspüre ich das Gefühl in mir, mich umdrehen zu müssen, ob er wirklich mit mir spricht und nicht jemand anderen meint.

Eine Biografie, schießt es mir in den Kopf, setzt die großartige Beherrschung sprachlicher Mittel voraus, eine ausgewogene Balance von Fantasie und Realismus. Kann ich das?

Und als ob der Mann, der kaum einen Meter von mir entfernt sitzt, die überirdische Fähigkeit zu haben scheint, meine Gedanken zu erahnen, sagt er: „Ich weiß, du kannst das. Wer sonst?"

*Rena Larf*

„Musik ist ein Vehikel für Traurigkeit -

aber auch für Freude.

Und wenn es gelingt, beide Extreme

zusammenzubringen, entsteht Magie."

*Paul McCartney*

# 1. Kapitel

Der 25.12.1961 ist ein Montag. Es ist kalt.

Ein typischer Wintertag eben, an dem man keinen Hund vor die Tür jagen würde.

Wer an Weihnachten das Licht der Welt erblickt, sagt man, ist ein Gottesgeschenk, ein Christkind, das fortan unter einem ganz besonders magischen Stern steht. An diesem ersten Weihnachtstag in Danzig-Langfuhr (Gdansk-Wrzeszcz), einem Vorort der Bernsteinstadt Danzig, wo schon Günter Grass und Arthur Schopenhauer geboren wurden, nimmt Wanda Cyperski nach mehreren Tagen Geburtskrampf schließlich all ihre Kraft und ihren Mut zusammen und stimmt erschöpft einer Zangengeburt zu.

Obwohl das kalte, glänzende Metallstück furchteinflößend auf sie wirkt, ist es die einzige Möglichkeit den Geburtsvorgang zu beschleunigen und endlich zu einem erfolgreichen Abschluss zu bringen.

Wanda schreit laut auf, als nach dem Köpfchen ihres Kindes endlich auch der Rest des kleinen Menschen herausrutscht. Ja, für den kleinen *Karl Marius Cyperski* ist der Weg in die Welt nicht ganz einfach. Wandas Haare kleben verschwitzt an ihrem Kopf fest und ihr ganzer Körper ist erschöpft.

Aber voller Glück strahlen ihre Augen auf das kleine, verschmierte Bündel hinab, dass ihr die Ärztin Teresa Nazim kurz danach in einem Handtuch eingewickelt auf den Bauch legt, und das jetzt voller Inbrunst schreiend das Leben begrüßt.

Dem frischgebackenen Vater Stefan Cyperski steigen Tränen in die Augen.

Voller Stolz und Liebe betrachtet er seinen Sohn. Es ist sein zweiter. Es gibt bereits einen Halbbruder mit einer anderen Frau.

Stefans Liebe mit Wanda hat kaum richtig begonnen, da sind sie bereits durch Kriegswirren zwangsweise getrennt und verlieren sich aus den Augen. Wie so viele in diesen Jahren, die durch Krieg und Zerstörung in alle Himmelsrichtungen versprengt werden.

Danzig wird durch Bombenangriffe und Flächenbrände fast vollkommen zerstört.

Ganze Straßenzüge sind verschwunden. Gebäude sind nur noch Trümmerhaufen aus Schutt und Asche. Hier und da ragt eine Ruine wie ein zerbombtes Mahnmal aus dem Chaos.

Wie hätte man sich in dieser zerstörten Infrastruktur zurechtfinden können, geschweige denn einen Menschen wiederfinden, wenn man nicht einmal mehr weiß, welche Straße hier lang läuft?

Stefan trifft irgendwann auf eine andere Liebe in seinem Leben. Kurz wird sie sein, bestimmt durch das Grauen und die Einsamkeit, gestillte Leidenschaft in einer dieser verzweifelten Nächte, in denen die Sehnsucht nach Wanda tief in seinem Herzen verwurzelt bleibt.

Stefan sucht und findet Wanda schließlich wieder, was nicht jedes Paar dieser Kriegsgeneration von sich behaupten kann.

Zurück bleiben, wie so oft, viele uneheliche Wehrmachtskinder, gezeugt in verzweifelten Nächten und leise geflüsterte Schuldeingeständnisse.

Der Sohn, den Stefan Cyperski jetzt als kleines, schreiendes Bündel in den Armen hält, ist *der* Sohn der das Weihnachten seiner Eltern in Zukunft zu einem ganz besonderen Fest werden lässt. Der Junge, der sich gerade als krähendes Geschöpfchen an die Welt "da draußen" gewöhnt, ist ein verspätetes Geschenk von *dem da oben.*

*Karl Marius* soll der Kleine heißen, der für seine Eltern wie ein Wunder ist.

*Karl* nach dem Frankenkönig Karl, der Große, der vor 1.161 Jahren auf den Tag genau am 25. Dezember 800 im Petersdom in Rom von Papst Leo III. zum römischen Kaiser gekrönt wurde. Die Bedeutung des Namens *Karl* ist: *Freier Mann.* Aber das wird erst viel später in Karls Leben Relevanz erhalten, was zu diesem Zeitpunkt noch niemand ahnt. *Marius* nennen ihn seine Eltern, weil seine dreizehn Jahre ältere Schwester, die kurz nach dem Zweiten Weltkrieg geboren wurde, *Marietta* heißt.

Auch dieser Jungenname *Marius* ist, wahrscheinlich ohne dass sich die Eltern darüber jemals Gedanken gemacht hätten, ein Omen für die Zukunft des kleinen Karl. Denn als *zum Meere gehörend* ist an diesem ersten Weihnachtstag 1961 in Danzig erst einmal nur die schöne Hafenstadt an der Ostsee zu bezeichnen. All das ist an diesem Tag jedoch noch vollkommen unwichtig in Danzig-Langfuhr.

Mutter und Kind sind wohlauf. Das allein zählt.

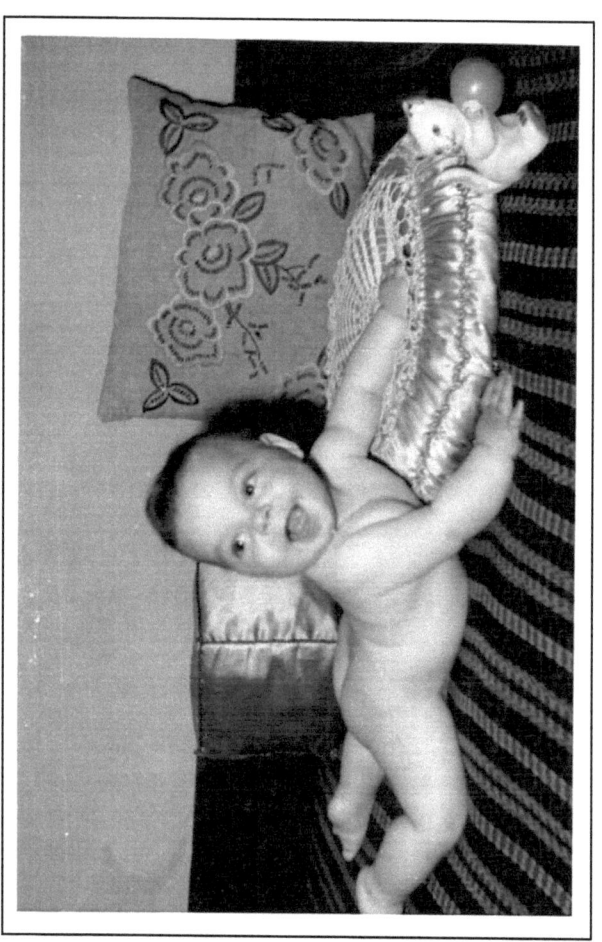

Von seiner Geburt an bis zu seinem fünften Lebensjahr wohnen Karls Eltern am Rande der ehemaligen Hansestadt Danzig. Danach ziehen sie um in den Stadtteil Gdansk-Wrzeszcz, in die Mickiewicza Straße, benannt nach Polens großem Nationaldichter Adam Mickiewicz.

Das Familienleben in den 1960iger Jahren ist normal. Bis auf die Tatsache, dass Karl nur seinen Großvater mütterlicherseits kennt und selbst über die anderen Großeltern nur schemenhaft weiß, dass sie teilweise russischer Herkunft sind und teilweise aus dem südlichen Europa stammen. Nehmen wir es sinnbildlich für die Tatsache, dass die Herkunft jedes einzelnen von uns die Magie ihres Ursprungs oftmals nur behält, wenn sie letztendlich unerschlossen bleibt.

Die Männer haben die Stahlhelme fast vergessen und sind wieder die Tonangeber in der Familie. Vater Stefan verdient sein Geld als Speditionskaufmann.

Mutter Wanda arbeitet nicht als Einzelhandelskaufrau sondern ist Mutter und Hausfrau. Sie kümmert sich um die Küche und am Großwaschtag um die im Wind flatternden Teile auf der Leine, die sie später wieder nass macht, damit sie in der Sonne schön weiß werden.

Wanda näht viel und gern.

Nicht nur Hemdknöpfe näht sie an oder flickt zerrissene Hosen und Jacken. Vor allem die von Karl. Ihr Talent reicht auch für das Nähen von Fahnen, Kleidern und Kostümen im Auftrag derjenigen, die es sich leisten können.

Das bringt Geld in die Haushaltskasse.

Spindeln und bunte Garnrollen, Stoffreste, jede Menge Schnittmuster und Scheren liegen herum.

Karl erinnert sich daran, dass er sich einmal mit einer Schere am Zerschneiden der bereits zugeschnittenen Stoffteile versucht. Seine Mutter hat nur für einen Moment den Raum verlassen, aber dieser reicht aus, um Karls Neugierde für das Werkzeug zu wecken, das so einfach alles durchtrennt, was auf dem Schneidetisch herumliegt.

Der Ärger ist vorprogrammiert.

Karl hat eine glückliche Kindheit, wie er selbst sagt. Er hat viele Freunde, ist beliebt. Ein typischer Junge eben, mit Blödsinn im Kopf, wie es sich gehört.

Er tummelt sich mit seinen Kameraden durch den Tag. Baldowert durch Wald und Feld. Er rennt, klettert, spielt, heckt Streiche aus. Klaut Äpfel und Birnen beim Nachbarn im Garten, weil sie dann am besten schmecken.

* * *

Karl ist ein aufgeweckter, wissbegieriger Schüler als er 1968 in Danzig in die Grundschule kommt. Er liebt Kunst, weil er gerne malt, vergöttert natürlich die Musik und Polnisch. Letzteres vor allem, weil er sich mit knapp acht Jahren in seine dunkelhaarige Lehrerin verliebt. Halina, ihr polnischer Name abgeleitet von Helena, der bekannten Schönheit aus der griechischen Mythologie, ist eine bildschöne Frau knapp über Dreißig.

Mit hoch sitzenden Wangenknochen, langen, dunklen Wimpern, vollen Lippen und einem wunderbaren Gang macht sie der Bedeutung ihres Namens alle Ehre.

Ihre prächtige, wohlproportionierte Figur lässt das Herz des kleinen Jungen schneller schlagen.

Ihre dunklen Haare umgeben ihr helles offenes Gesicht wie ein Rahmen und ihr Lächeln ist ungemein aufmunternd, wenn sie Karl im Unterricht an die Reihe nimmt. Jedes Mal schießt ihm vor Verlegenheit dann das Blut ins Gesicht.

Karl malt ihren Namen in noch leicht ungelenken Buchstaben auf Papier, flüstert ihn leise auf der Jungentoilette in der Schule oder nimmt ihn mit in seine Träume, wenn er abends in seinem Bett die Augen schließt.

Karls Mutter Wanda schneidert mit viel Liebe zum Detail Kostüme für die Lehrerin. Das erfordert Anproben. Und wenn die Lehrerin sich auszieht und Karl der Mutter das ein oder andere anreichen muss, verschwimmen für ihn Fantasie und Realität.

Es ist nur ein notwendiges Erfordernis für die Arbeit seiner Mutter, aber für Karl ist es so, als würde sich seine Polnischlehrerin nur für ihn zur Schau stellen. Es ist ein faszinierender Rausch der Formen und Farben, im Austausch von verstohlenen Blicken und Sehnsüchten.

Sie steht aufrecht. Mit zurückgedrückten Schultern streckt sie die Brust heraus. Hebt ihr Kinn selbstbewusst in den Spiegel.

Wie sie sich dreht und wendet! Wie sie riecht!

Wie sie im aufregendsten Sinne des Wortes den Ankleideraum im Hause Cyperski mit ihrer Weiblichkeit ausfüllt. Zum ersten Mal in seinem Leben hat er ein Empfinden von tief verborgenem Wissen darum, dass es doch mehr geben muss als das, was wir gewöhnlicher Weise zu sehen bekommen.

Fast fünfundvierzig Jahre später wird er selbst über diese verführerischen Momente sagen, dass er zum ersten Mal so etwas wie sexuelle Erregung empfand, ohne damals zu wissen, was das überhaupt ganz genau ist.

Aber ein Grundstein ist gelegt.

In seinem Leben wird Karl immer wieder einen ganz besonderen Bezug zu Frauen haben.

Die Begegnungen mit dem *schönen Geschlecht* werden ganz einzigartige Momente seines Lebens und Wirkens betreffen und von ungeheurer Faszination sein.

„Die Musik drückt das aus,

was nicht gesagt werden kann und worüber

zu Schweigen unmöglich ist."

*Victor Hugo*

## 2. Kapitel

Durch seine musikalischen Eltern hat Karl früh Kontakt mit Musikinstrumenten. Sein Vater Stefan spielt Gitarre und singt zusammen mit seiner Mutter Wanda auf Geburtstagen und anderen Familienfesten oder Jahrestagen.

Schon vor Karls Geburt gibt es Musik und Gesang im Hause Cyperski. So ist es nicht verwunderlich, dass Karl bereits im Bauch seiner Mutter erste Töne als Stimulationen zu Ohren kommen. Und damit ist nicht ausschließlich das Pochen des mütterlichen Herzens gemeint.

Was heute längst erwiesen ist, dass das Hören im Mutterleib entscheidende Auswirkungen auf die Entwicklung des Babys hat, ist bei den Cyperskis von Haus aus normal. So wächst ohne großes Zutun ein Musiker heran, der nicht weiß, was in seinem Leben wirklich noch alles auf ihn zukommen wird.

Als Karl das erste Mal mit der Gitarre in Berührung kommt, ist er acht Jahre alt.

Die Saiten des formschönen Instruments in seinen Händen, sie zu betasten - der Moment ist unbeschreiblich, *wunderschön*, wie er sagt.

Sofort ist er fasziniert von der Gitarre. Er löchert seinen Vater aufgeregt mit Fragen nach Akkorden und Zupftechniken. Mit den Fingerspitzen den ersten Ton auf der Gitarre erklingen zu lassen ist eines der faszinierendsten Erlebnisse seines noch so jungen Lebens.

Stefan Cyperski zeigt seinem Sohn alles, was er über das Gitarre spielen weiß.

Von Anfang an ist Karl gefangen von seinen Möglichkeiten, wird von seinem Ehrgeiz getrieben. Sein Antrieb ist die Leidenschaft - eine Verschmelzung von Neugier, Freude und größter Bewunderung für das Können seines Vaters.

Fortan ist Karls Freizeit bestimmt durch die große Liebe zur Gitarre, diesem wunderbaren, vielseitigen Instrument, das aus keiner Musikrichtung wegzudenken ist.

Durch die guten Gene, die Karl von seinen Eltern mitbekommen hat, besitzt er aber nicht nur haptische Fähigkeiten.

In seiner damaligen Schule entwickelt er eine sehr hohe Singstimme und wird unter tausend Kindern als dritter Junge mit der besten Singstimme ausgewählt.

Das ist eine Ehre. So führt ihn sein Weg ab 1971 zum Danziger Chor. Da dies nur ein kurzer Abstecher sein sollte, den er selbst als schön, lehrreich und interessant beschreibt, ist einem anderen Umstand zuzuschreiben.

Aber schon im Kindesalter scheint für Karl ein künstlerisches Schicksal vorherbestimmt zu sein. Doch oft meint es das Leben anders und niemand, nicht einmal er selbst, ahnt schon jetzt, dass er viele Jahre später einmal als Komponist, Gitarrendozent, Fingerstylegitarrist, Bandleader und *Musiktherapeut* von sich reden machen wird.

\* \* \*

Von einem jungen Burschen, wie er einer ist, Gitarrenspieler und Sänger, fühlt sich die Damenwelt schon früh angezogen.

Karl lernt Marzena (*poln. die Träumerin*) kennen.

Ein hübsches, gewitztes Mädchen mit wunderbarem dunkelbraunem Haar, einem liebenswerten frechen Mundwerk und ganz eigenem Kopf. Ihr Vater ist Meteorologe am Danziger Flughafen und mit ihrer Mutter, einer sehr netten und umgänglichen Frau, versteht sich Karl sehr gut. Auch Karls Eltern haben sich mit den Eltern des Mädchens schnell angefreundet.

Karl erlebt mit Marzena eine schöne Zeit. Eine Zeit der ersten Annäherungen, weit entfernt von allem, was die Erwachsenen Liebe nennen. Aber das stürmische Herzklopfen und hin und wieder eine zarte, zufällige Berührung, ein Küsschen auf die Wange, zeigen ihm, dass Gefühle im Spiel sind. Gefühle für Marzena.

Wie er sie für sich richtig einordnen muss, ist Karl noch nicht klar. Aber er liebt es, wenn sie lacht. Was für süße Grübchen sie hat! Temperamentvoll und unglaublich schnell huschen ihre polnischen Sätze über ihre Lippen hinaus in die Welt. Er mag es, wenn sie ihre vorwitzige Haarsträhne, die so gut zu ihrem kecken Wesen passt, prustend aus dem Gesicht pustet. Ihre Augen leuchten dann wie zwei Sterne Himmel.

Er mag Marzenas Nähe, wenn seine Hände leicht anfangen zu schwitzen und er diese verschämt am Hosenboden abwischt.

„Wege entstehen dadurch, dass man sie geht."

*Franz Kafka*

# 3. Kapitel

1970. Es ist das Jahr, in dem Willy Brandt vor dem Ehrenmal des Warschauer Gettos niederkniet als Zeichen der Reue für die Nazi-Verbrechen der Vergangenheit.

Der *Kniefall von Warschau* geht in die Geschichte ein und wird historisch als Geste der Entspannung zwischen dem West- und dem Ostblock gewertet.

Zu diesem Zeitpunkt, Anfang der 1970er Jahre ist Polen ein schlechter Wirtschaftsstandort.

Das merkt auch Familie Cyperski immer mehr, auch wenn Vater Stefan durch seine Tätigkeit als Speditionskaufmann Geld nach Hause bringt und Mutter Wanda durch ihre Näherei dazu verdient. Auch wenn Geld da ist, bekommt man nichts dafür.

Drastische Mängel in der Versorgung machen den normalen Alltag schwer. Die Eltern sorgen sich um die Zukunft, denn wenn das massive Fehlen von Dingen des täglichen Lebens so weitergeht, sehen sie für sich und ihren Sohn keine Zukunft mehr.

Schwester Marietta lebt zu diesem Zeitpunkt bereits nicht mehr im Elternhaus.

Der Arbeiteraufstand vom 14. bis 22. Dezember 1970 mit seinen Streiks, Demonstrationen und Unruhen ist Zeichen für die Unzufriedenheit der einfachen Menschen gegen die dramatischen Preiserhöhungen für Lebensmittel.

Stefan Cyperski hat Familie in Deutschland.

Seine Angehörigen leben in Saarbrücken und Hamburg.

Immer stärker wird der Wunsch der Eltern, Polen zu verlassen. Sie sehnen sich intensiv nach Familienzusammenführung mit den Verwandten, die bereits in Deutschland leben und nach besseren wirtschaftlichen Verhältnissen für die Zukunft.

Karl spürt, dass etwas vor sich geht, sagt später, dass diese Entscheidung sein ganzes Leben verändert hat.

Vater Stefan Cyperski reiht sich viele hundert Kilometer von Danzig entfernt in eine Warteschlange in Warschau ein, um in der Behörde ein Formular abzugeben, auf dem er und seine Frau Fragen für den Antrag auf Ausreise in die Bundesrepublik ausgefüllt haben. Drei Mal wird das Ausreisevisum abgelehnt. Karl weiß bis heute nicht genau warum.

Dann endlich darf Familie Cyperski am 25.05.1973 ausreisen. Zehn Tage vorher wird Mutter Wanda noch zu einem medizinischen Notfall, da sie einen schmerzhaften Magendurchbruch infolge eines Magengeschwürs erleidet und sofort operiert werden muss.

Auch das trägt dazu bei, dass es der Familie nicht leicht fällt, die vertraute Umgebung in Gdansk-Wrzeszcz und die Freunde und Bekannten für immer zu verlassen und sich mit klopfenden Herzen auf eine Reise ins Ungewisse zu begeben.

Einen Tag vor der Abreise verabschiedet sich Marzena, die hübsche, kleine Freundin von Karl mit einem Geschenk.

Er verspricht ihr, sich zu melden, wenn er in der Bundesrepublik Deutschland ist.

Karl ist ein Junge von elfeinhalb Jahren, der die Tragweite dieser Entscheidung nicht einschätzen kann. Er meldet sich nicht mehr bei Marzena, ist sich nicht darüber bewusst, wie sehr er ihr wehgetan hat, bis er als Jugendlicher in Deutschland irgendwann erkennt, wie schlimm er ihre Gefühle damals verletzt hat.

Erst viele, viele Jahre später, ab 1992, werden sich Karl und Marzena in regelmäßigen Abständen wiedersehen.

\* \* \*

Das niedersächsische *Lager Friedland*, in dem die Cyperskis wie alle anderen Spätaussiedler eintreffen, ist ein Grenzdurchgangslager im Landkreis Göttingen, nahe der innerdeutschen Grenze.

In den Jahren nach dem Zweiten Weltkrieg werden hier anfänglich in den Baracken und Nissenhütten die Massen der Heimkehrer aus der Kriegsgefangenschaft untergebracht.

Für *Karl Marius Cyperski* ist der Aufenthalt in Friedland ein einschneidendes Erlebnis. Drei oder vier Tage muss die Familie dort bleiben. Ganz genau erinnert er sich nicht mehr.

Für ihn ist Deutschland ein total fremdes Land und die Tage in Friedland sind bewegend und tränenreich. Heimweh und Verlustängste plagen ihn und Karl weiß nicht, was ihn erwartet.

Er ist verunsichert.

Seine Freunde fehlen ihm und die Mickiewicza Straße, in der er aufgewachsen ist.

Karls junge Seele quält sich mit einem Gefühl von Fremdheit und Heimatlosigkeit herum, obwohl instinktiv auch Neugierde auf das neue Land in ihm wächst.

Von Friedland aus werden die Spätaussiedler in einem Verteilverfahren nach einer gesetzlich festgelegten Aufnahmequote auf die Bundesländer verteilt. Dieses Verfahren wird damals vom Bundesverwaltungsamt durchgeführt.

Die Verteilung geschieht vornehmlich unter dem Blickwinkel familiärer Bindungen, die bereits in Deutschland existieren.

Da Stefan Cyperski neben Saarbrücken auch in Hamburg Angehörige hat, wird die Familie schließlich in die Hansestadt an der Elbe geschickt.

„Die Augen sind die Fenster der Seele."

*Hildegard von Bingen*

# 4. Kapitel

Die Cyperskis landen wie so viele andere Aussiedler jener Zeit im Hamburger Stadtteil Bergedorf-West, in dem schon damals sozial schwache Familien leben.

In dem Neubaugebiet, das auf ehemaligem Billwerder Bauernland entstanden ist, findet die polnische Familie in einer kleinen 3-Zimmer-Übergangswohnung am Ladenbeker Furtweg vorläufig ein neues Zuhause in einem noch fremden Land.

Wenn Karl aus dem Fenster schaut, kann er den Schornstein des Elektrizitätswerks sehen.

Alles ist neu und sauber. Und alles geht in Deutschland seinen geregelten Gang. Die gesamte Organisation der Übersiedlungsaktion mit ihren Formalitäten und lästigen Behördengängen verläuft reibungslos. Papiere, Ausweise, Beglaubigungen und Übersetzungen liegen schon bald korrekt vor.

Vater Stefan hat in Hamburg das Glück, in einer Filiale seiner Danziger Speditionsfirma arbeiten zu können. Mutter Wanda, die zwar einigermaßen Deutsch kann, belegt zusätzlich einen Deutschkurs um ihre Sprachkenntnisse zu verbessern. Zudem gibt es dadurch Unterstützung seitens des Staates bei der Eingliederung. Bald schon arbeitet Karls Mutter als Verkäuferin.

Nur Karl selber hat mit starkem Heimweh zu kämpfen und ist fast nur zu Hause, wenn er nicht gerade die Förderschule/Deutsch in Bergedorf-West am Friedrich-Frank-Bogen besucht.

Durch seine kompetente und engagierte Lehrerin Frau Doubisson und sein aufgewecktes Wesen, geht Karl die Sprache leicht von der Hand.

Nach drei Monaten Aufenthalt in Hamburg kommen die amerikanischen Freunde seines Vaters die Cyperskis besuchen, Eddie und Maria aus Long Island,

Sie wohnen im *Hotel Nettelnburg* am Katendeich und laden die Familie zu einem Ausflug an den Ratzeburger See im Südosten Schleswig-Holsteins ein.

Karl, der sich total zurückgezogen hat und meistens nur in seinem Zimmer bleibt, ist mit einem Mal ganz aufgeregt. So ein Ausflug in den Naturpark Lauenburgische Seen ist etwas Besonderes, das damals noch nicht so oft zum Alltag der Familie gehörte.

Als Karl dann schließlich von Eddie einen Fußball geschenkt bekommt, ist das Eis gebrochen.

Aus dem nachdenklichen Stubenhocker mit Heimweh nach Polen wird ein Junge, der als Straßenkicker fast nur noch draußen ist. Auf dem Spielplatz findet ein Junge mit Ball schnell neue Freunde. Manchmal auch Freunde fürs Leben.

Karl lernt die polnischen Aussiedlerjungs Bernhard und Adam kennen, mit denen er rum bolzt. Mit beiden wird Karl in seinem Leben bis heute mehr oder weniger auch durch die Musik verbunden sein.

\* \* \*

Frau Doubisson, Karls Lehrerin aus der Förderschule, schlägt den aufgeweckten Jungen 1974 für das Luisengymnasium in Bergedorf vor.

Seine schnelle Auffassungsgabe was Sprachen anbelangt, die er von seinem Vater geerbt hat und sein ganzes Auftreten, lässt in der Lehrerin den unumstößlichen Schluss zu, dass Karl sehr talentiert sei und intelligent genug, um den Abschluss auf dem Gymnasium zu schaffen.

Karl selbst ist davon nicht so überzeugt. Die Schule ist, in seinen eigenen Worten, *sauschwer*. Er muss viel und lange lernen, um sie zu bestehen.

Heute sagt er, dass die Entscheidung aber dennoch richtig war. Er hat es nie bereut, das Luisengymnasium besucht zu haben, auch wenn es trotz drei neuer Sprachen eine schwierige Herausforderung für ihn war.

Die Zeit auf dem Gymnasium ist auch eine Zeit der Reife und des Erwachsenwerdens. Auch wenn Karl viel büffeln muss, findet er doch immer Zeit für seine große Liebe, - die Musik.

* * *

Zwischen dreizehn und fünfzehn, als Familie Cyperski längst am Sander Damm wohnt, spielt Karl mit seinen beiden Freunden Bernhard und Adam gemeinsam in einer Band, die den Namen *Happy Boys* trägt.

*Die glücklichen Jungs* proben bei Karl daheim.

Er spielt Gitarre, Bernhard Orgel und Adam Baßgitarre. Sie verstehen sich gut, ihre Freundschaft wird immer intensiver. *„Es war eine wunderbare Zeit für uns"*, sagt Karl.

Da keine Band ohne einen ordentlichen Schlagzeuger auskommt, gesellt sich bald Christian, Bernhards Cousin, zu den Dreien.

Es dauert nicht lange, da beginnen sich auch die Mädchen für die Band zu interessieren.

Spätestens seitdem sie Auftritte im Klubraum der katholischen St. Marienkirche am Reinbeker Weg haben, stehen die vier hübschen Burschen im Mittelpunkt ihrer Schwärmereien.

1978 findet die gemeinsame Leidenschaft der Jungs für das Musikmachen ihren Ausdruck in dem geänderten, cooleren Bandnamen *Burn*.

\* \* \*

Zwischen sechzehn und siebzehn fängt Karl an zu komponieren.

Es ist die Zeit, in dem ihm deutlich wird, dass er Marzena und ihre Gefühle damals vor der Ausreise aus Polen sehr verletzt hat. *Marzena*, der Name steht im Polnischen für *Die Träumerin*. So fängt er eher unbewusst an, verträumte Lieder für sie zu schreiben, um damit seinen schweren Gewissenskonflikt ihr gegenüber und seine wehmütige Sehnsucht nach dem schmerzlichen Verlust der alten Heimat wieder in den Griff zu bekommen.

Die Schulzeit auf der *Luise,* wie das Gymnasium liebevoll von den Schülern genannt wird, ist auch die Zeit der Pubertät. Eine ätzende Zeit. Karl kämpft mit starker Akne und mit der Ansicht, wer solche Pickel, Mitesser und Pusteln hat, kriegt sowieso kein Mädchen ab. Er leidet zunehmend unter einer gestörten Selbstwahrnehmung.

Neben seiner ohnehin schon bestehenden Schüchternheit dem weiblichen Geschlecht gegenüber, empfindet er immer öfter eine ungeheure Mutlosigkeit. Sie hindert ihn daran, auf Mädchen zuzugehen, für die er schwärmt.

Und das ein oder andere Mädchen schwärmt für Karl!

Besonders ein hübsches, dunkelhaariges Mädchen aus seiner Klasse mit Namen K. lächelt ihn fast ununterbrochen an, so dass es Karl schwer fällt, sich auf den Unterricht zu konzentrieren. Die süße Kleine verdreht ihm ordentlich den Kopf! Herzklopfen und Bauchkribbeln jagen durch seinen Körper.

Wenn Karl an K. denkt, bekommt er feuchte Hände und wird schrecklich nervös.

Immer wieder versucht sie ihn intensiv mit herausfordernden Blickkontakten anzuflirten.

In der pubertären Schulklasse beginnt ein aufregendes Spiel zwischen den beiden, das sie zur Perfektion bringen: Anschauen und Weggucken. Lider senken und unglaublich langsam wieder aufschlagen mit einem gekonnten Wimpernschwung.

Aus scheuen Blickkontakten wird auf einmal mehr. Irgendwann erwidert und hält Karl standhaft den Blick aus ihren blitzenden Augen. Woher er den Mut nimmt, weiß er nicht. Es geschieht einfach mit ihm.

Eines Tages werden kleine Briefchen hinter dem Rücken der Lehrerin geschickt, die auf ihrem langen Weg von Hand zu Hand und Tisch zu Tisch natürlich von einigen Klassenkameraden gelesen werden. Gekicher und Geflüster machen die Runde. Gelächter folgt in der Pause auf dem Schulhof.

Und doch wird aus dem Schwarm eine kleine, schüchterne Liebelei. Pickel und Pusteln hin oder her!

Denn zum ersten Mal wird sich Karl bewusst, dass ein Blick aus seinen Augen, die Welt um ihn herum verändern kann.

Später wird es ein intensiver Blick in die Seele sein, denn Karls Augen spiegeln sein Gegenüber in ihm selbst. Die Erwartung, die sanfte Hingabe, die Liebe zu der wir Menschen fähig sind, wenn wir im anderen ankommen, Zuflucht finden im Schutz seiner Welt.

In diesen magischen Momenten seines Lebens werden sich noch einige Frauen Hals über Kopf in ihn verlieben.

„...Nur Träumer

finden ihren Weg durchs Mondlicht und

erleben die Morgendämmerung

bevor die Welt erwacht.“

*Oscar Wilde*

# 5. Kapitel

Mit siebzehn oder achtzehn muss Karl in Sachen Liebe eine Erfahrung machen, die sein weiteres Gefühlsleben stark beeinflussen wird.

Er hat eine Freundin, eine Deutsche. Ein Jahr sind sie zusammen, und er sagt selbst über diese Zeit, dass in dieser Verbindung nicht alles gut gelaufen ist. Näher bezeichnen möchte er das allerdings nicht.

Diese negative Erkenntnis aus dem Erlebten konzentriert sich jedoch in seiner Auffassung, dass er nicht noch einmal eine deutsche Freundin haben möchte. Karl begründet diese Ansicht damit, dass es schon einige Unterschiede in den Mentalitäten zwischen Deutschen und Polen gibt.

Im Sommer 1980 bekommt Karl von einem Produzenten aus Oststeinbek einen Plattenvertrag angeboten. Normalerweise eine ganz große Sache für einen jungen Musiker. Wenn der Vertrag nicht eine nachteilige Klausel bezüglich der Beteiligung an den Einnahmen aus den Plattenverkäufen zum Inhalt gehabt hätte. Er unterschreibt nicht.

\* \* \*

Karl lernt Elisabeth kennen. Beide Familien leben am Sander Damm 31. Karls Familie im 1. Stock, Elisabeths Familie im 4. Stock. Die Mütter kommen ins Gespräch, als der Briefträger einen Brief falsch eingeworfen hat und Wanda Cyperski den Brief drei Stockwerke hochbringt.

Schnell kommt man ins Gespräch über die Tochter und den Sohn. Da Karl zu dem Zeitpunkt keine feste Freundin hat, versucht seine Mutter ihn mit in Frage kommenden jungen Frauen der Umgebung zu verbandeln. Schon immer sind es die Mütter, die gerne ihre Kinder verkuppeln. Wie Geheimagentinnen kundschaften sie das Objekt der zukünftigen Begierde aus und schaffen Möglichkeiten der Begegnung.

Elisabeth und Karl gehen schüchtern den ersten Weg auf einander zu.

Für Karl ist es mit Elisabeth Liebe auf den ersten Blick. Sie sehen sich, grüßen sich, sprechen mit einander. Hin und wieder machen sie einfach nur Quatsch und lachen gemeinsam. Sie gehen mit Freunden in einen polnischen Club im Übergangswohnheim oder auch schon einmal auf eine Fete nach Hamburg zum tanzen.

Ganz unmerklich wächst in Karl ein tiefes Gefühl der Zuneigung für die junge Frau. Ein Verliebt sein. Er hat Schmetterlinge im Bauch. Elisabeth ist sozusagen seine erste große Liebe. Nach der Musik.

Dann entwickelt sich langsam das, was man wirklich Liebe nennen kann. Die tiefe innere Zusammengehörigkeit mit diesem starken Wunsch, die gesamte Zeit mit genau dieser einen Person verbringen zu wollen. Mit Elisabeth.

Liebende können eben nicht ohne den anderen. Jede Sekunde ohne einander ist die Hölle.

Seit dem 17.10.1980 wird die Liebe zwischen beiden offiziell mit einem Kuss besiegelt.

Karl sagt, Elisabeth empfindet ihre Verbindung nicht von Anfang an als Liebe. Aber er tut alles für sie.

Er folgt ihr sogar in die Kirche zum Gottesdienst, weil er ohnehin ein gläubiger Katholik ist.

Nachdem sie ein Jahr zusammen sind, wird Verlobung gefeiert.

Von 1979 bis 1981 besucht Karl in Bergedorf die Höhere Handelsschule an der Wentorfer Straße. Schnell gehört er zu den Klassenbesten und hat auch kein Problem die Fachhochschulreife zu erlangen.

Obwohl er da schon längst mit Elisabeth zusammen ist, macht auch auf der Handelsschule eine hübsche, dunkelhaarige junge Frau aus ihrer Schwärmerei für ihn, *den Musiker*, keinen Hehl.

\* \* \*

Nach der Fachhochschulreife geht Karl 1981 zur Bundeswehr.

Fünfzehn Monate beträgt die Dienstzeit damals noch. Eine lange Zeit im Leben eines jungen Mannes, der seinen Dienst in einer Zeit ableisten muss, in der US-Präsident Ronald Reagan die Produktion von Mittelstreckenraketen verdreifachen lässt.

Die damalige Sowjetunion muss jederzeit mit einem atomaren Überraschungsangriff des Westens rechnen. Bezeichnungen wie *Pershing II* und *Cruise Missiles* geistern durch die Medien, schüren eine begründete Angst in der Bevölkerung, die sich in einer großen Friedensbewegung gegen den NATO-Doppelbeschluss und das Wettrüsten ausdrückt.

Zu dieser Zeit leistet *Karl Marius Cyperski* seinen dreimonatigen Grundwehrdienst in Idar-Oberstein am Rande des Hunsrücks ab.

Die rheinland-pfälzische Stadt, die für ihre Edelstein-und Schmuckindustrie bekannt ist, hat es ihm sofort angetan, auch wenn er in seiner Ausbildung das Marschieren und Exerzieren, den regelmäßigen Dienst an der Waffe oder die Geländeübungen in dreckigen Matschtümpeln hasst.

Im dort ansässigen Deutschen Edelsteinmuseum werden zahlreiche, bildschöne Exponate ausgestellt. Eine umfangreiche Sammlung erwartet den Besucher.

Kein Wunder, dass Karl sich in Idar-Oberstein wohlfühlt. Sein ganzes Leben lang sammelt er schon leidenschaftlich Steine auf unzähligen Spaziergängen. Auf Reisen, an Stränden, in Flussbetten, auf Äckern und Wiesen oder einfach nur am Wegesrand.

Er liebt es, diese zu betrachten, zu fühlen und seine Fantasien mit den wunderbar bunten, gesprenkelten Funden auf die Reise zu schicken.

Er glaubt an die Energie, die sie in sich tragen.

Karl beginnt damit, den einen oder anderen ganz besonderen Stein in der Hosentasche zu tragen. Das bedeutet ihm unendlich viel, verleihen sie ihm doch ein Gefühl von Schutz und Stärke.

Steine sind in Millionen von Jahren entstanden, kosmische Urgewalt hat sie entstehen lassen und schon *Plinius* wusste: „Die ganze Majestät der Natur ist auf kleinstem Raum in den Edelsteinen zusammengedrängt und ein einziger genügt, um darin das Meisterwerk der Schöpfung zu erkennen."

Steine und ihre mystische Kraft und Schönheit sind ein Teil von Karls Leben. Er sagt, sie sind von zentraler Bedeutung für seine Fantasie als Mensch und Musiker.

\* \* \*

Nach der Grundausbildung in Idar-Oberstein verbringt Karl den Rest seiner Bundeswehrzeit in Flensburg in einem Wachbataillon.

Zermürbende wochenlange Vierundzwanzig-Stunden-Wachdienste und das nervenaufreibende Bahnfahren zum Wochenende nach Hamburg machen ihm zu schaffen.

Auch das ausgeprägte soziale Gefälle innerhalb seines Wachbataillons, ist etwas, womit der junge Mann umzugehen lernen muss. Wenig helle Köpfe gibt es dort, gelegentlich auch Männer, die bereits auf Knasterfahrung zurückblicken können und für die Rauchen, Trinken und Sex, das A und O ihrer Bundeswehrzeit ausmachen. Alles Dinge, die für den schüchternen Karl, nicht in Frage kommen.

Damals ist er wieder in einer Kompositionsphase, in der er Arrangements und romantische Liedtexte schreibt.

Er raucht und trinkt nicht, ist treu, denn daheim in Hamburg wartet seine Verlobte.

Letztendlich bezeichnet Karl diese Phase als unnütze und vertane Zeit. Es hätte sinnvollere Aufgaben gegeben, auf die er sich lieber konzentriert hätte, als seine Bundeswehrzeit.

1983 heiraten Karl und Elisabeth.

Von 1983 bis 1985 macht Karl in der Hamburger Filiale der Danziger Speditionsfirma seine Ausbildung zum Speditionskaufmann, in der bereits sein Vater nach der Übersiedelung arbeitet.

Jeden Tag fährt er zum Berliner Tor, an dem die Firma ansässig ist und lernt an der Seite seines Vaters die kaufmännischen Tätigkeiten dieses Berufes kennen: Transporte organisieren, Terminplanung und Fahrzeuge disponieren.

Karl erlernt die Überwachung der Einhaltung gesetzlicher Vorschriften, Erstellung von international gültigen Versand- und Zollpapieren und Etliches mehr. Auch wenn die Zusammenarbeit mit seinem Vater sehr gut ist, empfindet Karl die Ausbildung als zwanghafte Pflicht, Geld verdienen zu müssen.

Viel lieber wäre dem kreativen und sensiblen Karl ein Leben als Musiker oder Student gewesen.

Die Arbeit ist mit viel Stress verbunden, auch, wenn er die einfache Ausbildung, die wenig Herausforderungen an ihn stellt, mit einem guten Abschluss beendet.

Die gesunde *Work-Life-Balance*, in der Arbeit- und Privatleben in Einklang miteinander stehen sollen, ist damals ein Begriff aus der Zukunft, der Anfang der 1980iger Jahre noch keine Rolle spielt.

1987, als Karls Vater Stefan Cyperski in Rente geht, übernimmt sein Sohn dessen Aufgaben in der Speditionsfirma.

\* \* \*

1989 kündigt Karl seine Stellung in der Spedition und wechselt bis 1994 sieben bis acht Mal ruhelos seinen Arbeitsplatz.

Dann arbeitet er fest in einer Container-Bahnspedition.

Karl leidet unter dem Druck, seine Familie ernähren zu müssen, die mittlerweile neben Elisabeth aus zwei Kindern besteht. Am 9.10.1989 wird Katharina geboren, ihr Bruder Martin erblickt am 08.12.1990 das Licht der Welt.

In einem Beruf gefangen zu sein, der Karl nicht erfüllt, sondern durch Mobbing seines Chefs, Schikanen und schlechtes Gehalt zu immer geringerer Lebensqualität führt, macht ihn seelisch fertig.

Die Anforderungen durch die Familiengründung und die beruflichen Karriereansprüche treffen zusammen und können von Karl nicht mehr bewältigt werden.

Trotzdem bleibt er, weil er ein loyaler Charakter ist. Die viele Arbeit, teilweise bis um dreiundzwanzig Uhr nachts um dann morgens wieder um sechs Uhr anzufangen, erschöpft Karl vollends.

Er hat wenig Zeit für die Familie, aber auch für sich und die Musik, die für Karl immer ein Ventil war.

Und doch steigt er in seiner wenigen Freizeit wieder in eine Band ein, was Elisabeth auf die Palme bringt, weil sie mit den Kindern fast nur noch allein ist.

Die häusliche Situation in der jungen Familie wird immer unerträglicher, das Zusammenleben immer angespannter.

Jeden Tag aufs Neue schleppt sich Karl zur Arbeit, hofft durch Stellenwechsel auf neue Motivation, um doch nur wieder erfahren zu müssen, dass er sich in einer Spirale mit zunehmendem Leidensdruck befindet.

Der Satz von Konfuzius *Wähle einen Beruf, den Du liebst und Du brauchst keinen Tag in Deinem Leben mehr zu arbeiten* ist für Karl so weit weg von seinem eigentlichen Leben, dass ihn immer öfter depressive Gedanken quälen. Er ist nur noch niedergeschlagen und mutlos, ständig müde und erschöpft. Der Weg endet in einer Spirale chronischer Überforderung, der er letztendlich nicht mehr gewachsen ist. Die Katastrophe scheint unausweichlich.

Irgendwann fährt Karl 1996 mit Schlaftabletten und Alkohol auf dem Beifahrersitz nach Lüchow/Dannenberg, wo er einst als Kind mit seinen Eltern Pilze sammeln ging. Karl parkt in einem Wald und sitzt allein und völlig verzweifelt mit einem Burnoutsyndrom in seinem Wagen und hat nur noch einen einzigen, alles überschattenden Wunsch: sich das Leben zu nehmen!

In einem Moment der völligen Stille, die für ihn bis heute unerklärlich bleibt, entschließt er sich zur persönlichen Umkehr. Es ist wie ein Hauch der Ewigkeit der zu ihm dringt. Karl spürt den Wald atmen. Sieht irgendwo ein Licht.

Es ist wohl eine Begegnung mit Gott, die in der Tiefe seines Herzens und seiner Seele tiefe Spuren hinterlässt.

Eine Begegnung, wie die in dem berühmten Gemälde von Michelangelo in der Sixtinischen Kapelle in Rom, als Gott seinen ausgestreckten Finger der Hand des Menschen entgegen streckt und ihm so neues Leben einflößt.

Ab diesem Zeitpunkt sieht Karl die Welt und sein eigenes Leben in einem neuen Licht. Plötzlich weiß Karl, er darf es nicht tun.

Gedanken wie: *ich liebe mich auch noch selbst, vielleicht kommen ja auch noch gute Zeiten.....*gehen ihm jäh durch den Kopf.

Diese Hoffnung gibt Karl die Kraft, nicht aufzugeben.

Er tut es nicht, fährt zurück nach Hause - verweint, verdreht, total ausgelaugt von dieser Erfahrung.

Daraufhin meldet er sich in seiner Firma drei Wochen krank. Ein neuer, faszinierender Abschnitt in seinem Leben beginnt.

„Wir können den Wind nicht ändern,

aber wir können die Segel richtig setzen."

*Aristoteles*

## 6. Kapitel

Karls Leben ist ab 1996 von dem unbändigen Willen geprägt, sich neben seiner Arbeit auf seine Musikkarriere zu konzentrieren.

Seitdem er bei seinem Vater Stefan Unterricht in Gitarre und Gesang autodidaktisch erlernt hat, sind viele weitere entscheidende Ausbildungsstationen und richtungsweisende Begegnungen mit Musikern nachgefolgt, erzählt Karl.

In den Jahren 1976 und 1977 nimmt er Unterricht in klassischer Gitarre bei Doris Gohde, einer Freundin des Opernsängers Ivan Rebroff. Karl selbst erteilt schon nebenher Gitarrenunterricht seit der Schulzeit 1979 im Luisengymnasium.

Dass dies irgendwann seinen Lebensweg entscheidend prägen wird, ist damals für ihn noch nicht abzusehen. Alles liegt noch verschwommen in der Zukunft vor ihm, wenig greifbar. Aber schon damals erkennt Karl, dass guter Unterricht Leidenschaft braucht.

\* \* \*

Zwischen 1979 und 1980 lernt er bei *Agostini Drum Studios* in den Katakomben der Kurt-A-Körber-Chaussee in Hamburg-Bergedorf diverse Musikergrößen aus dem norddeutschen Raum kennen, die sein Spiel fortan beeinflussen. Sie machen ihm auch deutlich, was es heißt, in einer Formation zu spielen.

Unter anderem gehören dazu Matthias Jabs, seit 1978 Mitglied der Hard-Rock-Band *Scorpions* und der Gitarrist Gunnar Heyse, Gründungsmitglied der Metal-Band *Zed Yago*.

1995 führt Karl auf einer kleinen Bühne in Wentorf mit dem bekannten, moldawischen Session-Drummer Peza Boutnari, der seit 1990 in Hamburg lebt, das Musical "Das Leben des Brian " als Gitarrist mit auf.

Karl sagt, dass er sich ebenfalls viel abgeguckt hat vom niederländischen Jazzgitarristen Jan Akkerman, der 1973 von der britischen Zeitschrift Melody Maker zum weltbesten Gitarristen gewählt wird.

Anfangs spielt Karl ein paar Coverversionen der Beatles, dann eigene Stücke, fast alles sehr melancholische und träumerische Songs.

Sie belaufen sich bis heute auf ca. 2000 Stücke.

\* \* \*

Wir haben also das Jahr 1996.

Die beruflichen und menschlichen Krisen sind überwunden, beziehungsweise in überschaubaren Bahnen eingefriedet. Karl blickt wieder hoffnungsvoll nach vorn.

In diesem Jahr gründet Karl die Band *Zero Lemon*. Neben ihm gehören zu den Bandmitgliedern:

Jörg Schönfeld /Drums

Torben Blume / Keyboard / Background

Doris Rickmers / Bass

Alexander W. / Gesang / Mundharmonika

Mit *Zero Lemon* verbindet Karl nur gute Erinnerungen.

Großartige Musiker haben sich hier zusammengefunden und touren zwei Jahre lang durch Hamburg, Bergedorf, Lübeck usw. durch kleine Clubs. *Zero Lemon* beziehen ihre Einflüsse aus dem Blues und Rock mit vielen harmonischen Melodien.

Hauptsächlich Karl komponiert die Musik, unter anderem auch den „Irish Coffee Song" mit dem er schon sehr früh die Liebe zur irischen Musik und zu dem in Belfast geborenen Musiker Gary Moore entwickelt.

Zwei für Karl wichtige Erlebnisse verbindet er mit der Band: 1997 spielen *Zero Lemon* in/bei Schwarzenbek als Vorgruppe von Hannes Bauer, Gitarrist von Udo Lindenberg, bei einem Bikertreffen. Karls Kontakt mit dem Gitarristen ist bis zum heutigen Tage ungebrochen.

Lobende Worte von Hannes, der zudem Gründer der legendären 3-Mann-Band „Bauer, Garn & Dyke" ist, stärken das Selbstbewusstsein der Band. Hannes findet *Zero Lemon* gut - aber Karl findet Hannes Bauer noch besser mit seinem *Bullfrog Blues* von Rory Gallagher.

Der 1995 verstorbene irische Gitarrist und Singer-Songwriter ist Zeit seines Lebens einer der besten Blues Gitarristen Irlands gewesen. Er nimmt fast ausschließlich Eigenkompositionen auf oder spielt auch gelegentlich Coverversionen alter Blues Klassiker, darunter auch der *Bullfrog Blues*, der eigentlich von William Harris stammt.

Später auf Reisen in Irland mit seiner Frau Elisabeth lernt Karl auch den *Rory Gallagher Place* in Kilkenny kennen. Es ist für ihn eine magische Begegnung mit einem Ort, an dem eine von ihm geschätzte musikalische Größe geehrt wurde. Es ist ein spirituelles Erlebnis, aus dem Karl viel Kraft und Energie für seinen eigenen Weg zieht.

Dieser Kultplatz weckt und verstärkt in ihm seine natürliche Sensibilität und Intuition.

\* \* \*

Spektakulär bezeichnet Karl den Gig im Sommer 1997 im *Sander Dickkopp*, draußen auf der Waldbühne.

Der historische Wasserturm am Richard-Linde-Weg in Hamburg-Lohbrügge, der seinen Namen von dem massiven Turmkopf hat, war früher ein Teil der öffentlichen Wasserversorgung.

Jetzt finden auch noch nicht so bekannte Bands auf der Waldbühne eine gute Plattform, um sich musikalisch zu präsentieren.

Der Biergarten mit seinem urgemütlichen Flair auf der Anhöhe mitten im Wald, die hohen Bäume, die Mücken im Sommer und ein Publikum mit knapp 500 Gästen, bieten ein Ambiente, was man nicht überall findet. Unter ihnen, Karls Eltern, Wanda und Stefan Cyperski.

Für Karl ein bewegender Abend, denn obwohl sie *Rockmukke* spielen, sind seine Eltern von dem Auftritt der Band begeistert und unendlich stolz auf ihren Sohn, der einen mitreißenden Gig hinlegt.

Wenn man Karl darauf anspricht, welche Begegnungen mit Gitarristen und welche Musikrichtungen ihn am meisten geprägt haben, kommt unweigerlich der begnadete mexikanische Gitarrist und Komponist Carlos Santana ins Spiel.

Auch Pat Metheny, einer der besten Jazzmusiker der Welt oder Robben Ford, seines Zeichens Herausgeber erstklassiger Blues-Rock-Alben gehören genauso dazu wie Carl Verheyen, bis heute ein guter Musikerkollege und ehemaliges Mitglied von *Supertramp*. Das „Classic Rock Magazine" listet Verheyen als einen der Top 100 Gitarristen aller Zeiten, der vielfach ausgezeichnet und für viele Preise nominiert wurde. *Karl* bezeichnet *Carl* als sympathischen und authentisch spielenden Kollegen, mit dem er bis heute befreundet ist. Über den Atlantik tauscht er mit ihm instrumentale Phrasen auf der Gitarre, sogenannte *Licks,* aus, um sie gegenseitig zu korrigieren und zu beurteilen. Carl findet Karls Kompositionen klasse, was ihn sehr stolz macht, weil er viel Wert auf das Urteil von Verheyen legt.

1997/1998 reist Karl nach Köln und nimmt dort Jazz-Studienkurse an der Universität und in der Eigelsteintorburg bei André Nendza in der *Offenen Jazz Haus Schule*, um sich musikalisch weiterzuentwickeln.

Da die Kurse, in denen Karl sehr viel gelernt hat, meist an den Wochenenden stattfinden, lässt sich das gut mit den Wünschen der Familie vereinbaren. Karl möchte nicht, dass seine Frau Elisabeth das Gefühl hat, dass er sie zu oft mit seinen beiden, kleinen Kindern allein lässt.

Aus dem Unterricht und dem Lernen neuer Richtungen bezieht er viel frische Improvisationslust. die zu einer fruchtbaren Quelle für seine neuen Kompositionen wird.

Karl schreibt Songs ohne Ende, sowohl für die Band als auch für sich selbst im Bereich Fingerstylepicking. Eine für ihn völlig neue und interessante Richtung.

Fingerstylepicking bezeichnet eine Spieltechnik auf der Gitarre, bei der die Basslinien, die Melodie und die Begleitung von einem einzigen Gitarristen gespielt werden. Eine ganz frische musikalische Herausforderung für Karl. Er kauft viele Bücher, Liederhefte und Noten, auch im Bereich der Klassik.

Er lernt, übt und spielt sehr viel Zuhause, sagt selbst über diese Art des Spielens, dass es am Anfang *sauschwer* war.

Später dann wird Karl bergreifen, dass er mit dem Fingerstylepicking die für ihn optimale musikalische Ausdrucksform gefunden hat. Zur damaligen Zeit liegt Karl sehr viel daran, seinen Idolen in diesem Bereich nachzueifern.

Das sind: Tommy Emmanuel, der australische Gitarrist, Sänger und Songwriter.

Mark Knopfler, der in Glasgow geborene Gründer der Rockgruppe *Dire Straits* und Chet Atkins, auch *Mister Guitar* genannt, ein US-amerikanischer Country-Musiker, Gitarrist, Schallplattenproduzent und Mitbegründer des *Nashville Sound*, in dem er klassische Country-Musik mit Einflüssen aus der Popmusik kombiniert.

Alle diese Vorbilder Karls spielen den Stil, für den er sofort sein Herz entdeckt.

Später trifft er auf seinem musikalischen Lebensweg den polnischen Fingerstylegitarristen Tomasz Szodrok-Gaworek aus Krakau, der ihm zum Fingerstylepicking wichtige Tipps gibt.

Unter anderem DADGAD*, eine *offene* Stimmung bei Saiteninstrumenten, die sich vielfach in der irischen und schottischen Folkmusik wiederfindet, die Karl so sehr mag. Bei dieser Technik ist das Resultat, dass die leeren Saiten einen einfachen Akkord bilden. Durch DADGAD lassen sich wichtige Grundakkorde so bereits mit einem Finger greifen.

Dank Tomasz Szodrok-Gaworek gibt es viele Jahre später Karls selbst komponierten Song *Kerryland* für einen ganz besonderen Menschen, in dem er diese erlernte Technik auf faszinierende Weise umsetzt.

Wer *Kerryland* hört, wird musikalisch mit einer sanften, irischen Melodie und fallenden und steigenden Intervallen auf eine mystische Reise entführt, bei der Freiheit, Weite und Meeresrauschen den Zuhörer sofort auf magische Weise gefangen nehmen.

Zwei weitere wichtige, von Karl komponierte Lieder, sind bis heute *Close to you* und *Deep in my heart.*

Feine, klassische Lovesongs, die mit ihrem Fingerstylepicking eine Unterhaltung zwischen zwei Liebenden in unterschiedlichen Stimmlagen akustisch wiedergeben.

*\* Quelle: Wikipedia*

Man wird sofort von diesen beiden Stücken gefangen genommen, sobald man sie das erste Mal hört. Es sind sehnsüchtige Melodien, die Sonne und Wärme in die Herzen bringen. Sie transportieren das schönste Gefühl der Welt. Die Liebe.

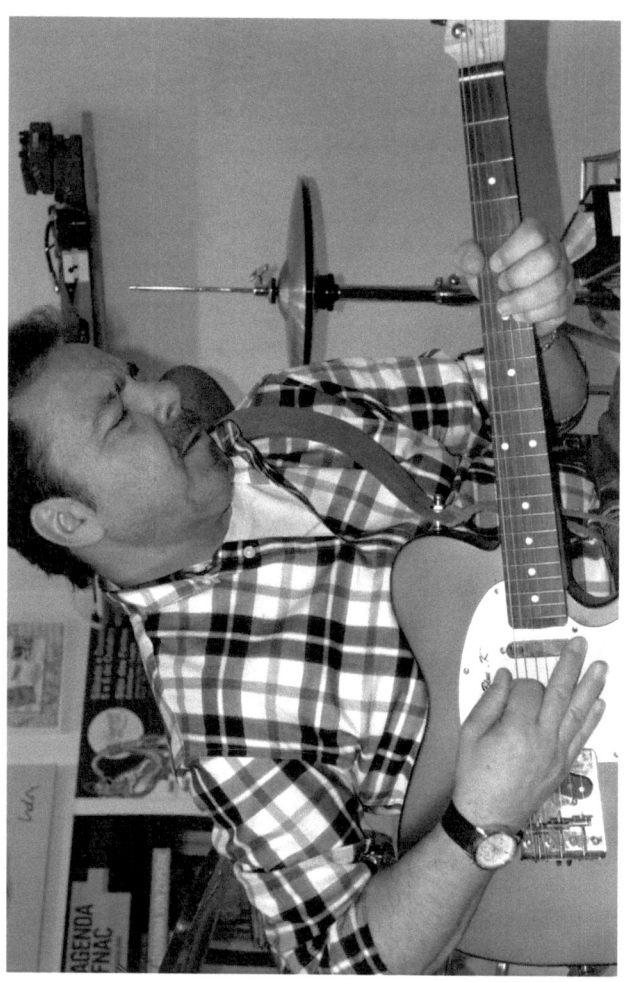

„Und plötzlich weißt du:


Es ist Zeit, etwas Neues zu beginnen,


und dem Zauber des Anfangs zu vertrauen."


*Meister Eckhart*

## 7. Kapitel

Neben seiner Tätigkeit als Speditionskaufmann wird die Arbeit als Musikdozent immer wichtiger für Karl.

Seine Leidenschaft für die Musik, seinen Spaß am Spiel an andere weiterzugeben, die Energie zu spüren, die zwischen den Saiten fließt, lässt ihn keinen Moment daran zweifeln, dass dieser Beruf für ihn Berufung ist. Das spüren auch seine Schüler und Schülerinnen, die ihm schon ab 1998 die Hütte einrennen.

*Manchmal war es ganz schön heavy*, sagt Karl.

Daheim in seinem Haus im Gertrud-Bäumer-Stieg 59 befindet sich im zweiten Stock unter dem Dach sein Unterrichtsraum, in dem er mit seiner kompetenten Art und seinen langjährigen Erfahrungen jeden persönlich zum gewünschten Ausbildungsziel führt.

Hin und wieder kommt ihm zu dieser Zeit der alte Gedanke seiner Frau Elisabeth in den Sinn, dass er sich von der Spedition lösen und mit Musikunterricht sein Geld verdienen soll.

Doch damals in den Anfängen der 1990iger Jahre, glaubt Karl nicht so recht an seine Chance und zweifelt an sich und dem Weg dorthin.

Er fürchtet sich vor den Stolpersteinen, die so ein Weg in die Selbstständigkeit mit sich bringt, zumal er davon auch eine Familie ernähren muss. Seine Depressionen erlauben ihm keine Experimente in diese Richtung.

Viel später wird er den magischen Moment erleben, der ihn alle Hindernisse und Schwierigkeiten vergessen lässt, weil er allein seinem Herzen folgt.

* * *

Seit 2007 spielt Karl als One-Man-Show allein mit seiner Lieblingsgitarre, einer *Taylor,* in kleinen Klubs, oft in St. Pauli, Altona, oder in Kulturstätten und Bürgerhäusern. Wie zum Beispiel in der *New Essbar,* wo auch heute noch jeden Freitag Sessions stattfinden.

Der *Mobile Blues Club* am Schulterblatt gehört genauso zu seinen Stationen, wie das *Kulturschloss* in Wandsbek oder das Kulturcafé *Komm Du* in Harburg.

Im Bezirk Hamburg-Bergedorf spielt er des Öfteren im *Café Evergreen* im KulturA, dem Kulturzentrum Neuallermöhe an der Otto-Grot-Straße. Auch das *WESTIBÜL* im Friedrich-Frank Bogen in Bergedorf-West rückt, dank der Kontaktaufnahme zu der rührigen und dynamischen Hausleiterin Dagmar Kossendey, immer öfter in den Radius, in dem Karl musikalisch agiert.

Mal als Musiker im Konzert oder auch als Begleitung für literarische Veranstaltungen in der Stadtteilbegegnungsstätte, die später zum Bürgerhaus avanciert.

Weitere Stationen seiner *One-Man-Show* sind in Bergedorf der *Sander Dickkopp,* das Café vom *Haus im Park,* der *Jazz Club Bergedorf* am Weidenbaumsweg und das *Café Raum & Zeit* der Hamburger Sternwarte an der August-Bebel-Straße.

Auch in der KulturKneipe *Belami* an der Holtenklinker Straße tritt Karl diverse Male auf.

Aber auch außerhalb Hamburgs führen Karls Live-Gigs ihn immer in andere Gefilde.

So hat er einen Auftritt in gemütlicher Wohnzimmeratmosphäre im Möllner *Café Helmers,* in dem monatlich Live-Musikevents mit Künstlern aus ganz Deutschland veranstaltet werden.

Mit seiner Lieblingsgitarre, der *Taylor,* eine der besten Akustikgitarren, die es am Markt gibt, verbinden Karl ganz besondere Gefühle.

Aus edlem Holz bestehend, in genialer Verarbeitung und mit exquisitem Sound, sagt Karl über sie, dass sie ein *Traumstück* war, fast wie eine *Traumfrau* vom Klang her.

Womit wir wieder bei der Faszination von *Männern mit Gitarren* auf Frauen sind. Es sind alles Kerle, die mit ihrem Instrument auf die Bühne treten, den Traumkörper der Gitarre an sich ziehen und in die Saiten greifen. Nicht selten werden dabei die Gitarrenspielerhände auf dem Körper der Gitarre mit aufmerksamen, leicht glänzenden Frauenaugen betrachtet. Was sich Frauen von ihrem Geliebten wünschen, bekommt durch das Instrument und seine runden, weiblichen Formen, eine ganz andere Dimension.

Dass es sich dabei um eine Notwendigkeit in der Form handelt, die für das Abstützen auf dem Oberschenkel optimal ist, spielt für die schmachtenden Blicke des weiblichen Geschlechts keine Rolle.

Ab 2008 lernt Karl viele Musiker in den legendären *Ya Man Jam Sessions* kennen, die immer freitags im Restaurant *Metropolis* gegenüber der *Fabrik*, dem ersten und wohl auch bekanntesten Kultur- und Kommunikationszentrum in Deutschland, stattfinden. Hier dürfen alle spielen. Vom Profi bis zum Anfänger. Aus ganz unterschiedlichen Stilrichtungen, Nationen und Hautfarben finden sich dort die Teilnehmer unter dem Motto *Music for Peace* zusammen. Die Kunst des Improvisierens führt die unterschiedlichsten Menschen und Charaktere auf die Bühne. Nicht immer ganz einfach.

Zunächst ist es etwas befremdlich für Karl, wie er selbst über diese Zeit sagt, mit all den verschiedenen Musikern zu spielen, sich auf sie einzustellen und zu arrangieren. Aber da er sehr viel Mut hat und auch gewillt ist, etwas Neues auszuprobieren, kann er nach relativ kurzer Zeit mühelos mit jedem Musikerkollegen mitspielen und *mithalten*.

Bei den *Ya Man Jam Sessions* lernt Karl unter anderen den besten deutschen Flamenco-Gitarristen Jan Hengmith kennen. Erstaunlicherweise spielt Hengmith bei der Session Kontrabass und Karl dazu Gitarre. Schnell bescheinigt Jan Hengmith ihm ein hohes, spielerisches Niveau, das in dieser Form bei den Sessions nur selten zu finden ist, weil viele ohne System spielen.

Irgendwann geht Karl dann nicht mehr hin, weil manche Musiker für sich die Bühne länger okkupieren als andere.

„Nur wer seine Träume lebt,

kann seine Sehnsucht stillen."

*Sergio Bambaren*

## 8. Kapitel

Im Jahr 2008 führt die Silberhochzeitsreise das Ehepaar Cyperski nach Lugano und an den Lago Maggiore, von dem ein Teil im Schweizer Kanton Tessin liegt.

Viele prominente Schauspieler, begnadete Maler und bedeutende Literaten haben sich vom Tessin inspirieren lassen oder diesen farbenprächtigen Ort sogar als Wohnsitz gewählt.

Lugano kennt Karl schon aus den 1980iger Jahren durch Erzählungen seiner Eltern, die diesen bezaubernden Ort als Urlaubsziel auserkoren hatten.

Auf dem Weg dorthin, machen Elisabeth und er mit Karls BMW Zwischenhalt in Lindau am Bodensee. Sie übernachten im charmanten Landhotel Martinsmühle, einem Juwel in wunderschöner Landschaft, zwischen Mühlbach, Wiesen und Obstbäumen. Das Haus von Familie Kirnbauer, das sich etwa acht Kilometer von Lindau entfernt an einen Hang schmiegt, ist die ideale Zwischenstation, um zur Ruhe zu kommen.

Nach weiteren zweihundertsiebzig Kilometern erreichen die Cyperskis auf Serpentinen das Parkhotel Rovio im Bezirk Lugano. Hoch gelegen auf einer Anhöhe über dem Luganer See, hat der Besucher der Villa vom gepflegten Park einen atemberaubenden Blick auf ein herrliches Panorama. Karl ist augenblicklich von diesem Ort und seinem milden Klima fasziniert und könnte sich sofort vorstellen, hier zu leben.

Welch unbeschreiblicher Reiz liegt über diesem Dörfchen!

Es liegt hoch oben über dem See, mit der Aussicht auf die majestätischen Bergmassive, die sich im Seewasser widerspiegeln. Ein Ort, den Karl mit all seinen Sinnen erfasst. Ein Ort zum träumen.

Die italienische Sprache und Mentalität der Menschen dort gefällt ihm sehr. So sehr, dass er ab diesem Augenblick anfängt, italienisch zu lernen.

Rovio hat auch schon den Nobelpreisträger Gerhart Hauptmann begeistert, der von 1897 bis 1901 dort gelebt und schriftstellerisch gearbeitet hat.

Künstler verstehen das, spüren die Magie, die von so einem Ort ausgeht, an dem schon andere schöpferisch gewandelt sind. Ganz aus dem Nichts heraus wird schließlich selten etwas Neues geschaffen. Es braucht Inspiration. *Komisches Völkchen, diese Künstler!*

Irgendwie scheint Karl ohnehin eine rätselhafte Verbindung zu Gerhart Hauptmann zu haben.

Denn bereits 2007 hat er eben diese Magie in Agnetendorf (Jagniatkow) erlebt, dem Ort im Riesengebirge, in dem Hauptmann von 1901 bis zu seinem Tod am 06. Juni 1946 lebte.

Karl teilt seiner Frau Elisabeth seine Gedanken mit, dass er sich vorstellen könne, in Rovio bis zum Ende seiner Tage zu leben. Es ist wunderschön, wenn er durch die Gassen schlendern kann.

Schon frühmorgens umfängt ihn liebevoll die Stärke der Sonnenstrahlen und schmeichelt seiner Haut.

Wenn er bei den Spaziergängen kurz inne hält, die Augen schließt, einatmet und wieder ausatmet, die warme Luft in seinen Lungen fühlt, weiß Karl, dass er diesen Augenblick respektieren und achten muss. Sonne bedeutet für ihn Licht und Leben. Immer stärker wächst in ihm die Sehnsucht nach Wärme und Liebe.

Dann umschmeichelt ein freundliches Lächeln seinen Mund und die ersten Noten formieren sich in seinem Kopf mit sanfter Wucht und bemerkenswerter Intensität zu einer Melodie, die direkt aus seinem Herzen zu kommen scheint. Es sind Kompositionen mit einer farbenfrohen, melodischen Struktur, die er nur hier in der Inspiration des Südens schreiben kann.

Die anfängliche Euphorie für Karls Idee dort zu leben, verlässt Elisabeth aber wieder. Sie denkt an ihre fast erwachsenen Kinder, die in Hamburg leben. Ihr Mutterherz findet keine gesunde Balance zwischen Nähe und Distanz. Die Idee wird verworfen.

Trotzdem ist Elisabeth nicht abgeneigt, ab 2008 fast jedes Jahr wieder mit Karl an den Lago Maggiore zu reisen. Immer steigen sie im Park Hotel Rovio ab.

Ein Sehnsuchtsort, der zum Verweilen einlädt, vor allem für Karl, denn bei ihm hat sich in der Speditionsfirma viel verändert.

Der Chef wird rausgeworfen, weil er betrügerische Tatbestände erfüllt hat. Ein neuer Vorstand wird eingesetzt, es kommt ein neuer Chef und viele Dinge verändern sich in der Organisation des Unternehmens.

* * *

Seine Karriere gerät erneut in eine Sackgasse, nachdem ihm eine Erweiterung seines Arbeitsgebietes mündlich zugesagt und er dann doch übergangen wird.

Karl möchte nicht noch einmal die Erfahrungen aus 1996 machen, als ihn ein Burnout-Syndrom fast an den Rand seines Lebens gebracht hat.

Im Herbst 2012 kommt die Reise nach Rovio an den Luganer See scheinbar genau richtig.

Im Park Hotel fragt Peter, der Mann ihrer mitgereisten Freundin, ob Karl sich nicht selbstständig machen will, weil er sich doch in seinem Speditionsberuf so sehr quält.

Im Gespräch kristallisiert sich für Karl immer mehr der Gedanke heraus, dass das auf Dauer alles nichts bringt und er sich nur im Kreise dreht.

Wenn er nicht kündigt, wird er immer nur der Mann bleiben, der sein Leben lang hinter seinen Träumen her läuft.

Aber Karl will die zweite Hälfte seines Lebens nicht mit verlorenen Hoffnungen und geplatzten Illusionen verbringen, kaputt und ohne Perspektive. Er sehnt sich nach Bestätigung und nach neuen Herausforderungen, nach Erfüllung seiner Wünsche und nach Glück.

Es ist der Moment, in dem sich sein Leben von einem zum anderen Augenblick ändert!

Und es scheint, dass diese Entscheidung, vor der er solche Angst hatte, an diesem magischen, hoch gelegenen Ort über dem Luganer See seit 2008 nur auf ihn gewartet hätte.

An diesem Morgen im Herbst 2012 fällt er von einer Sekunde auf die andere den Entschluss, sich als Musiklehrer selbständig zu machen.

„Eine Gitarre hat Macht und Magie"

*Bruce Springsteen*

## 9. Kapitel

Zunächst einmal ist da also der Auslöser das entscheidende Gespräch mit Peter in Rovio am Frühstückstisch. Karl beginnt sofort nach seiner Rückkehr nach Hamburg damit, die Entscheidung in die Tat umzusetzen.

Er erarbeitet sogleich den Auflösungsvertrag für seine Speditionsfirma zum 1.2.2013. Ohne Abfindung. Karl will für seinen geplanten Neustart in die Selbständigkeit und in ein neues Leben kein *Drecksgeld* haben, wie er es nennt.

Er reicht den Vertrag in der Firma ein und die Führung ist relativ erstaunt, dass er nach so langer Firmenzugehörigkeit diesen Schritt in eine ungewisse Zukunft gehen will.

Auch das Ausscheiden aus der Spedition geht symbolisch unmittelbar mit einem Erlebnis einher, das Karl in seiner Entscheidung zutiefst bestärkt. Nicht nur, dass der damalige Arbeitgeber das Ganze mehr oder weniger belächelt. Zum Abschied gibt Karl ein kleines  Gitarrenkonzert für die Kollegen, das dann aber abgebrochen werden muss, weil die Leute arbeiten und nicht Musik hören sollen. Karl wird bewusst, dass in dieser Firma nur noch das Geld zählt, nicht mehr der Mensch.

Nach anfänglichen Zweifeln steht auch Elisabeth hinter seinem geradewegs nach dem Urlaub getroffenen Entschluss.

Es folgen Wochen, in denen Karl den Weg jedes Existenzgründers gehen muss.

Zuerst muss er zur Arbeitsagentur, verschiedene Formulare und Fragebögen ausfüllen.

Karl bekommt einen Mitarbeiter zugeteilt, der sich fachkundig speziell um Existenzgründer kümmert. Auf dessen Weisung muss er ein Existenzgründerseminar belegen, damit er auch den entsprechenden Zuschuss bekommt.

Im Seminar wird Wissen zu Fördermitteln, Einstiegsgeld, die Wahl der richtigen Unternehmensform und anderen Informationen vermittelt. Weiter werden Thematiken rund um Buchhaltung, Gewerbeanmeldung, Steuern, Marketing, Businessplan und Sozialversicherung behandelt.

Die Leute, die zusammen mit Karl an dem Existenzgründerseminar teilnehmen, stammen aus unterschiedlichen Sparten. Sehr viele gehen in Richtung Pflege/Massage, einige wollen auch in der Bau- und Beratungsbranche selbständig tätig werden.

Nach drei Tagen ist alles vorbei.

Der Wirtschaftsprüfer sowie der Mitarbeiter von der Arbeitsagentur müssen seinen Businessplan absegnen. Karl muss eine eigene Steuernummer beantragen, keinen Gewerbeschein, da er als Freiberufler tätig sein wird.

Das Erstellen von Rechnungsformularen, Flyern, Visitenkarten folgt. Intensiv, arbeitsaufwändig.

Nachdem er auch im Internet mit einer Website sichtbar ist und Werbung geschaltet hat, kann sein Weg in die Selbständigkeit losgehen. Das Wichtigste für Karl ist aber, dass sich sein neuer Job als Musiklehrer auch wirtschaftlich trägt.

Da er aber von Anfang an auf eine große Anzahl von circa fünfzig Schülern bauen kann, ist der Start in die neue Tätigkeit gar nicht so schwer.

Karl hat Schüler, die schon zwanzig Jahre zu ihm kommen, aber auch solche, die nur zwei bis drei Jahre bleiben. Jeder Schüler hat ein anderes Ziel, das er zu erfüllen sucht.

Die einen wollen möglichst schnell die E-Gitarre rocken, andere möchten den melodischen Anschlag beim Gitarrenspiel lernen.

So individuell wie jeder Schüler ist, der zu Karl kommt, so spezifisch und einzigartig fällt auch die Stunde aus.

Hauptsächlich unterrichtet Karl Gitarre, und zwar E-Gitarre, klassische Gitarre, Country-Western.

Zu seinem Unterrichtsrepertoire gehören aber auch die Bass-Gitarre, Percussion, Schlagzeug und Ukulele.

In seinen Stunden, in denen Karl Spaß mit Kompetenz vermittelt, erlernen seine Schüler unter anderem Zupftechniken, Fingerstylepickingtechnik und Anschlagstechniken.

Karl lehrt Tricks & Riffs, Aufwärmtechniken und Effekte. Er erklärt technische Informationen rund um die Gitarre. Denn nur wer sein Instrument kennt und versteht, kann auch auf ihm spielen.

Als Musikdozent lehrt er Liedbegleitung/Gesang und Soli Tonleitern. Seine eigenen Kompositionen aus dem Bereich Jazz, Blues, Klassik, Rock, Hard Rock, Heavy Metal, Evergreens und Balladen fließen, gespielt von anderen Fingern, in die Gitarren.

Ähnlich verhält es sich bei den anderen Instrumenten, wobei da wieder mehr Schlagtechniken gefragt sind.

Karl lehrt nach Noten oder auch ohne Noten, mit bestimmten Büchern oder nach Wunsch auch mit CD.

Das hängt vielfältig vom Alter und vom Geschlecht seiner Schüler ab.

Meist nehmen Kinder und Jugendliche Unterricht bei Karl. Die Jungen und Mädchen sind zwischen fünf und siebzehn Jahren alt und stammen aus unterschiedlichen, gesellschaftlichen Schichten.

Aber auch zwanzig Prozent Erwachsene, - Ärzte, Ingenieure, PC-Techniker, Elektromechaniker oder auch Rentner - treibt der reizvolle Wunsch nach der Magie auf sechs Saiten in den Gertrud-Bäumer-Stieg. Kein Wunder also, dass der älteste Schüler bereits fünfundachtzig Jahre alt ist. Musik kennt keine Grenzen und kein Alter.

Sie verbindet Generationen, unterschiedlichste Bildungsschichten und Bevölkerungsgruppen.

Musik ist magisch und öffnet mit ihrem Zauber Türen, die sonst verschlossen bleiben.

So ist Karl nicht nur Musiklehrer sondern vermittelt mit seinem Unterricht auch einen Blick auf das Leben und das Glück, mit seinem Spiel anderen eine Freude machen zu können.

Um auch in Schulen Kurse geben zu können, macht Karl einen Erste Hilfe-Kurs, der als Voraussetzung erforderlich ist.

\* \* \*

Das Jahr 2013 lässt sich gut an.

Am 04. Februar startet Karl nach erfolgreichen Bewerbungen an der Alfred-Nobel-Schule und der Bertha-von-Suttner-Schule in Geesthacht, der größten Stadt im Herzogtum Lauenburg, mit Gitarrenunterricht und am Anfang auch mit Schlagzeug.

Ab dem 16. Februar 2013 beginnt der mit Leiterin Dagmar Kossendey initiierte *Carlos Santana* - Workshop im WESTIBÜL in Bergedorf-West.

Es werden mindestens zwölf Teilnehmer gesucht, die Spaß haben, gemeinsam mit anderen jungen oder älteren Menschen an diesem Musikprojekt mit zu wirken. Ungeachtet der Nationalitäten, die hier im Südosten der Stadt Hamburg vielfältig vertreten sind.

Unter der musikalischen Leitung des Gitarrenlehrers Karl Cyperski werden Stücke von Carlos Santana gemeinschaftlich erarbeitet. Aufführungstermin des Projektes soll der 23. August 2013 sein, beim 20jährigen Bestehen des Westibüls.

Fachliche Kenntnisse sind nicht unbedingt erforderlich sondern die Freude am Lernen in der Gruppe soll vorrangig sein.

Das Projekt wird gut angenommen und somit zu einem festen Bestandteil des Kulturangebotes im Bürgerhaus, das sich ohnehin schon durch vielfältige Angebote auszeichnet.

Zwischen seinen Unterrichtsstunden als Musiklehrer in seinem eigenen Haus findet Karl immer wieder Zeit für Konzerte auf denen er ganz nah an den Menschen ist.

Für ihn wird schnell klar, dass die Kombination aus beidem, seine Lehrtätigkeit und seine kreativen Entfaltungsmöglichkeiten als Musiker, für ihn den Reiz der Selbständigkeit ausmachen.

Am 17. März 2013 gibt Karl von elf bis dreizehn Uhr ein Konzert zu einem musikalischen Brunch im *Café Evergreen* im Kulturzentrum Neuallermöhe, dem KulturA in der Otto-Grot-Straße. Das Bürgerzentrum fördert mit solchen Veranstaltungen als Ort kulturellen Lebens die Integration im Stadtteil.

Karl spielt Gitarrenstyles von Klassik bis Rock und greift zu einem leckeren Frühstücksbüfett und herzhaften Speisen in die Saiten.

Es folgt am 25. März 2013 ein Konzert im *Senioren Centrum Moosberg* in Bergedorf.

Das Spielen gerade auch für ältere Mitmenschen ist Karl ein großes Bedürfnis, auch wenn dies zeitweise eine große Herausforderung an seine fachliche und menschliche Kompetenz darstellt. Senioren sind aufmerksame und im positiven Sinne kritische Zuhörer. Da dort auch pflegebedürftige Senioren wohnen, die teilweise unter Demenz leiden, was gelegentlich zu persönlichen Eigenarten und mentalen Funktionsstörungen führen kann, muss ein Musiker auch damit umgehen können, wenn es während eines Konzertes einmal laute Zwischenrufe gibt.

Karl meistert diese Anforderungen, die so ein Auftritt ihm abverlangen, mit Bravur und herzlichem Verständnis, begleitet von professionellem Auftreten. Ihm ist bewusst, dass wir alle vielleicht diesen Weg vor uns haben, je älter wir werden.

Weitere Workshoptermine im WESTIBÜL folgen im April und Juni 2013.

Am 15. Juni um 16.00 Uhr präsentiert Karl ein einstündiges Gitarren-Fingerstylepicking-Konzert mit Jazz, Blues, Rock, Country und irischen Klängen im Stadtteilkulturzentrum *Kulturschloss Wandsbek* in Hamburg.

Danach kann sich eine begrenzte Teilnehmeranzahl in einem Gitarrenworkshop für Anfänger selbst ausprobieren. Im Workshop vermittelt Karl fachmännisch Akkorde, Zupf- und Improvisationstechniken.

Der *TAG DER MUSIK*, eine bundesweite Initiative des Deutschen Musikrats, der immer am dritten Wochenende im Juni stattfindet, ist auch wieder im Jahre 2013 in der Hansestadt eine offene Präsentationsplattform für die vielfältige Hamburger Musikszene.

Die ganze Stadt wird in eine lebendige Bühne verwandelt, welche die Musik zu den Menschen bringt. Karl nutzt die Gelegenheit und gibt am *Cruise Center in Altona* ein Konzert, um Musik und Können öffentlichkeitswirksam zu präsentieren.

Dieser Auftritt bietet ihm viele frische Kontakte und eine Akquisemöglichkeit für neue Schüler in lockerer, sommerlicher Atmosphäre.

Seine Visitenkarten sind im Nu weg.

Überall, wo Karl mit seiner Musik hinkommt und mit seinem musikalischen Sachverstand sein Wissen weitergibt, sind die Menschen begeistert.

Mit seiner liebenswerten und ruhigen Art steht er für alle Fragen rund um die Musik zur Verfügung und sofort fühlen sich die Menschen bei ihm gut aufgehoben.

Der Erfolg tut seinem Ego auf eine gesunde und professionelle Weise gut.

Das Selbstbewusstsein, das Karl ausstrahlt, vermittelt ihm eine attraktive, charismatische Lässigkeit. Er verspürt die alte Magie allmählich in sein Leben zurückkehren.

Karl beschreibt diesen Zustand mit einem Zitat des berühmten französischen Schriftstellers Charles Beaudelaire: *„Es gibt Augenblicke in unserem Leben, in denen Zeit und Raum tiefer werden und das Gefühl des Daseins sich unendlich ausdehnt. "*

Er ist unglaublich dankbar, seinen Traum leben zu können und ein Musiker sein zu dürfen.

Mit diesen Erkenntnissen betreibt er auch im August 2013 seinen Workshop mit Stücken von Carlos Santana im *WESTIBÜL* weiter.

Die unter seiner Leitung als Gitarrenlehrer in dem Projekt *Latin Rock in B'West for You* eingeübten Musikstücke werden am 23. August in einem Live-Konzert mit den Teilnehmern des Workshops präsentiert.

Anlass für das Konzert ist der *Tag der offenen Tür* im Westibül, an dem das 20jährige Bestehen des Bürgerhauses mit Musik, Sketchen und Kinderschminken sowie gemeinsamem Singen gefeiert wird.

Karl hat den Teilnehmern gezeigt, was man dem Instrument Gitarre alles entlocken kann und der Auftritt ist eine Bereicherung für das Jubiläum.

Die enge Verbindung, die Karl ohnehin schon mit dem Westibül verbindet, wird später im Jahr noch eine weitere Verstärkung dieses Bandes erfahren.

\* \* \*

Am 03. Oktober 2013 lädt Andrea Klerman, die Betreibern des Besucherzentrums der Hamburger Sternwarte in die August-Bebel-Straße 196 in Bergedorf ein. Geboten wird den Gästen ein Kulturabend mit Karl Cyperski und einem groovigen Fingerstylepicking-Konzert. Es findet statt im *Café Raum & Zeit*, das sich im Kuppelgebäude des 1m-Spiegelteleskops befindet. Und auch hier gelingt es Karl wieder, die Gäste des Abends mit den Klängen seiner Gitarre zu verzaubern.

Am 12. Oktober 2013 führt seine Konzerttätigkeit Karl in die *Jakobuskirche* nach Münster. Der Kontakt kommt zustande durch die erfolgreiche Literaturübersetzerin Annette Hahn, die zum Presbyterium der Kirche gehört.

Karl kennt Annette aus gemeinsamen Schulzeiten in Bergedorf, in der sie damals schon mit ihrer Intelligenz und Sprachbegabung alles übertrumpfte, wie er sagt.

Bereits 2008 haben Karl und Annette sich über das Internet auf einer bekannten Plattform für ehemalige Schulfreunde wiedergefunden.

Bodenständig und liebenswert beschreibt er Annette Hahn, die ihm buddhistische Lebensweisheiten und damit eine andere Sichtweise auf das Sein näherbringt.

Heute bezeichnet Karl Annette deswegen als Meilenstein in seinem Leben.

Der Eintritt für das Gitarrenkonzert in der Jakobuskirche in Münster ist frei, es wird jedoch um eine Spende für die neue Orgel gebeten.

Wieder einmal zeigt Karl seine Hilfsbereitschaft, wo ein gutes Herz allein oft nicht ausreicht.

Mit seinen Auftritten auf Benefizkonzerten signalisiert er sein soziales Engagement, das immer ein Teil seines Lebens war und sein wird.

Noch heute schwärmt Karl von dem akustisch genialen Live-Konzert in der Kirche.

„Die Bühne ist das Experimentierfeld der

Musiker,

das Konzert ihr Augenblick der Wahrheit."

*Herbie Hancock*

## 10. Kapitel

Der 27.10.2013 wird für Karl wieder ein Wendepunkt in seinem Leben.

Er gibt im Westibül ein Konzert mit André, einem seiner begabtesten Schüler.

André ist bereits seit vielen Jahren Schüler bei Karl und spielt hervorragend Gitarre. Ein besonderes Verhältnis verbindet die beiden, da auch André alles was Karl ihm beibringt, sofort umsetzen kann, - so wie damals, als Karls Vater Stefan ihm die ersten Griffe auf der Gitarre beibrachte.

Auch Andrés Antrieb ist die Leidenschaft für die Musik - eine Verschmelzung von Neugier, Spaß am Lernen und großer Bewunderung für das Können seines Lehrers Karl.

Bei freiem Eintritt präsentieren beide in einer wunderbaren Symbiose ihre Künste auf der Gitarre.

Für Karl ist dieser gelebte Moment unglaublich wichtig. Bei diesem Konzert verspürt er den verheißungsvollen Neuanfang seines Lebens.

Er liebt und lebt anders, irgendwie frisch und frei!

Das Gefühl beherrscht ihn, Neuland für sich zu entdecken und sein neues Ich, befreien zu müssen. Karl möchte selbst bestimmen, was seine Wirklichkeit ist, nicht die Umstände, nicht die anderen.

In dieser Veränderungsphase ist er auch weitaus empfänglicher für Glücksempfindungen, erlebt seine innigen Wünsche und Träume auf ganz intensive Weise.

Karl selbst beschreibt den Zustand in dem er sich damals bewegt, als eine Mischung aus Zauber, Wunderland, Traum, Märchen, Schwingungen, Sternen, Kosmos.

Er interessiert sich seit geraumer Zeit sehr für Spiritualität, meditiert oft und denkt darüber nach, was in seinem Leben Sinn hat oder hatte.

Oft geht Karl zum Grab seiner Eltern und bedankt sich bei ihnen dafür, dass es ihn in diesem wunderbaren Universum gibt.

Da er ein gläubiger Mensch ist, geht er auch häufig in die Kirche um eine Kerze anzuzünden, um zu beten und dem Schöpfer ganz nah zu sein, der ihm sein außergewöhnliches Talent geschenkt hat.

All das hat nur ein einziges Ziel: Karl versucht ganz bei sich und authentisch zu sein. Dahinter steckt sein Wunsch, sich selbst besser zu (er)kennen sowie die Sehnsucht nach Wahrhaftigkeit, weil er nur dann in der Lage ist, sein Handeln bewusst zu erleben und sein Leben und seine Musik zu beeinflussen.

Oder um es mit den Worten Epikets zu sagen: *„Mache dir selbst zuerst klar, was du sein möchtest; und dann tue, was du zu tun hast."*

Das Konzert wird ein großer, persönlicher Erfolg für ihn als Musiker und als Mensch!

Das *Kulturcafé Komm du* in der Buxtehuder Str. 13 in Hamburg-Harburg wird zur nächsten Station für Karl. Am 1. November 2013 gibt er dort ein Konzert mit Gitarrenklängen im Fingerpicking-Style. Brillante Klänge, wunderbare Texte erwarten den Gast.

Karl Cyperski, den seine guten Freunde *Charlie* nennen, spielt filigrane Gitarrenmusik aus den Bereichen Jazz, Blues, Country und Fusion. Über das *Komm Du* sagt Karl: „*Coole Location! Super Publikum!*"

Seine einfühlsamen, selbstkomponierten Songs überzeugen die Zuhörerschaft mit und ohne Gesang.

Mittlerweile ist Karl mit seinen Auftritten dort ein besonderes Highlight und lockt jedes Mal viele Gäste zu seinen Konzerten ins *Komm Du*.

Alles in allem, ist 2013 als erstes Jahr von Karls Selbständigkeit als Gitarrenlehrer ein gelungener Schritt zur Selbstverwirklichung.

Es gelingt ihm seinen „Brotjob" und seine künstlerische Freiheit als Musiker voll auszuleben, was nicht immer der Fall ist, wenn man sich entschließt, den Weg in eine neue, selbstbestimmte Existenz zu wagen. Er ist glücklich, dass er nicht die Möglichkeit verschenkt hat, sich weiter zu entwickeln, sondern dass er sich nach vorn bewegt hat in ein wahres, neues Leben mit unbekannten Herausforderungen, die es zu meistern gilt.

Gustav Mahler wusste schon: „*Das Beste der Musik steht nicht in den Noten.*"

Wie sagt Karl selbst darüber: „Es ist die Begegnung mit dem Wunderbaren!"

Im Januar und Februar 2014 wird das *Westibül-Band-Projekt* erfolgreich weiter fortgesetzt.

Auch noch jetzt sind die Teilnehmer mit Feuereifer dabei, um gemeinsam zu musizieren.

Über das ganze Jahr 2014 hinweg finden monatlich weitere, regelmäßige Termine von März bis November 2014 statt.

Am 14. Februar 2014, am Valentinstag, wird ein ganz besonderer Kulturabend auf der Hamburger Sternwarte gefeiert, der viele Bergedorfer und Bergedorferinnen begeistern wird.

Zum *Tag der Freundschaft* lädt Betreiberin Andrea Klerman in das *Café RAUM & ZEIT* ein, um mit den Gästen des Abends das fast dreijährige Bestehen des Besucherzentrums zu feiern.

Mit kleinen Leckereien und dem Konzert von Gastmusiker Karl Cyperski, der mit seinem feinen Gitarrenspiel den Ohren der Gäste schmeichelt, wird ein ganz besonderes Zeichen der Freundschaft gesetzt. Zahlreiche Besucher genießen diesen Abend auf der Sternwarte.

Ein tolles Konzert, sagt Karl, auf dem auch viele seiner Schüler unter den Gästen waren und damit ein Zeichen der Freundschaft zu ihrem Musiklehrer gesetzt haben.

Im Januar und Februar 2014 finden ebenfalls Bandproben statt, der im November 2013 von Karl gegründeten Jazz/Blues-Formation *Irgendwie angenehm*. Bestehend aus dem Saxophonisten Lukas Wader, Karls Tochter als Schlagzeugerin und ihm selbst.

Ein Projekt, das Karl mit viel Elan angeht.

Mal mit leisen, mal mit impulsiven und rockigen Elementen werden circa neunzig Prozent eigene, von Karl arrangierte Stücke, gespielt.

Der Rest der meist instrumentalen Titel orientiert sich an Coverversionen von Musikern wie Robben Ford, Carl Verheyen oder Pat Metheny. Ehrliche, handgemachte Live-Musik.

Und Musiker, denen man ansieht, dass es ihnen Spaß macht. Deswegen: *irgendwie angenehm*.

Am 1. März 2014 gibt Karl einen Workshop in der neuapostolischen Kirche in Delmenhorst.

Nachwievor ist Karl von Kirchen fasziniert. Nicht nur von der genialen Akustik, die in diesen monumentalen Gebäuden herrscht, sondern auch von der Hoffnung, die dort wohnt.

Immer, wenn er die Schwelle einer Kirchentür überschreitet, lässt Karl das Innere ganz auf sich einwirken. Das hilft ihm dabei, als Mensch zu sich selber zu kommen und vermittelt ihm das Gefühl, der Himmelsleiter ein wenig näher zu sein.

Er liebt diese verzauberte Atmosphäre, die durch die Höhe des Gebäudes entsteht und das durch die schmalen Fenster hereindringende gedämpfte Licht. Er ist begeistert von der Akustik, in der selbst ein Flüstern lange nachhallt und sein Gitarrenspiel den ganzen Raum erfüllt.

An diesem Tag in Delmenhorst findet ein inspirierender, mitreißender und auch heiterer Workshop mit zehn enthusiastischen Frauen in der Kirche statt.

* * *

Die Arbeit mit André findet zwischen Lehrer und Schüler am 30. März 2014 einen weiteren Höhepunkt.

Ein "Klingender Sonntagnachmittag" mit Karl und André geht im *WESTIBÜL* über die Bühne. Das Thema *Beatles* lockt mit seinen Stücken ein zahlreiches Publikum in die Räume des Bürgerhauses.

Die *Beatles* sind ein generationenübergreifendes Thema.

Durch die außergewöhnliche Interpretation der Songs der Pilzköpfe entsteht ein faszinierendes Konzertprogramm, für das sich Jung und Alt begeistern können. Alle Gäste klatschen enthusiastisch und wippen im Rhythmus auf den Stühlen.

Es folgt am 17. April 2014 ein weiteres Solo-Konzert im *Café Komm Du* in Harburg und am 22. April startet der Beginn des Unterrichts für Senioren im BegegnungsCentrum *Haus im Park*.

Das Haus im Park der Körber-Stiftung ist Spezialist in Sachen Lebenslanges Lernen und aktiver Gestaltung. Ein breites Kursangebot steht Menschen ab 50 zur Verfügung. Die Kurse reichen von kreativem Arbeiten mit Holz über Tai Chi bis zu Computerseminaren. Auch Sprach- und Musikkurse sind im Angebot.

Karl Cyperski, Gitarrenlehrer und Musiktherapeut, bietet einmal wöchentlich im Haus im Park einen Gitarrenkurs an. Er kann die These, dass die Lernfähigkeit im Alter nicht abnimmt, bestätigen.

Beim Gitarre lernen gibt es seiner Meinung nach keinen Unterschied zwischen Alt und Jung: „*Es gibt Ältere, die saugen alles auf und können beim nächsten Unterricht das Stück spielen. Jüngere sind manchmal nicht so auffassungsfähig. Sie machen nicht so gerne ihre Hausaufgaben. Lernen hat etwas mit der Motivation zu tun. Tagesphasen, Alltaggeschehen und wie jemand drauf ist, spielen eine Rolle.*"

Wirklich bedeutsam dabei ist, unterschiedliche Schwierigkeitsgrade einzubauen und eine Atmosphäre des Akzeptierens und Respektierens zu schaffen.

Unter diesen Bedingungen wird auch das scheinbar Unmögliche möglich. So kann es auch trotz altersbedingter Beeinträchtigungen möglich sein, Neues zu lernen: Einer der Kursteilnehmer, der eine Hörbeeinträchtigung hat, lernt gemeinsam mit den anderen Teilnehmer das Gitarre spielen.

*„Das ist keine Zauberei, sondern dazu braucht man nur ganz einfache Dinge zu beachten"*, erläutert Karl Cyperski. Wichtig sei die direkte Ansprache, Nebengeräusche zu minimieren, Zeit zum Nachfragen zu lassen und Tempo herauszunehmen.*

Die Tätigkeit des Lehrens als Musiklehrer erhält durch diese Unterrichtsstunden im Haus im Park für Karl noch einmal eine ganz neue Dimension und Anerkennung seiner Qualitäten als Ausbilder. Er hat Spaß an der Realisierung der Unterrichtskonzepte und diese Freude überträgt sich auf die Teilnehmer des Kurses.

Am 27. April 2014 treten André und Karl erneut bei einem Konzert im Westibül auf. Musik unterschiedlicher Stile und Rhythmen sind zu hören - Chansons, Balladen, Jazz, Folk, Country, Blues und Klassik. Das Duo spielt viele eigene Stücke, hauptsächlich instrumental, aber auch mit Gesang.

Am 9. Mai 2014 heiratet der Tenorsaxophonist Lukas Wader, Teil der Band *Irgendwie angenehm*.

Der klassische Monat zum Heiraten ist unbestritten der Wonnemonat Mai.

* *Quelle: www.koerber-stiftung.de*

In der verführerischen Leichtigkeit des Frühlings findet ein Konzert auf der Hochzeit des Bandkollegen statt. *Irgendwie Angenehm* spielt auf. Karl, in Begleitung seiner Tochter Katharina, erlebt erneut Anerkennung und die Begeisterung des Publikums. Brechend voll ist es an diesem schönen Tag. Überall kommt es zu Gesprächen und sogar zu neuen Freundschaften. Es wird gegessen, getanzt und gelacht auf einer ausgelassenen Feier mit Freunden und Verwandten.

Ein wunderschönes, unvergessliches Fest der Liebe in einer großartigen Stimmung bleibt Karl im Gedächtnis haften.

\* \* \*

Zwischen Proben des WESTIBÜL Band Projektes rauscht der Sommer heran.

Am 19. Juni 2014 gibt Karl wieder ein Konzert in der Sternwarte in Bergedorf. Seine *Special Edition* beginnt um 19:00 Uhr als Kulturabend eines Solokünstlers, der mit seinem Fingerstylepicking zu einem schönen Glas Wein oder einem kühlen, sommerlichen Bier die Gäste im *Café RAUM & ZEIT* gefangen nimmt.

Karl spielt träumerische Stücke mit wunderbaren, verliebten Melodien, zeitweise mit einem leicht melancholischen Zauber.

Stellenweise ätherische Akkorde, gespielt in brillanter Perfektion, vermitteln ein musikalisches Glücksgefühl, das zur Leichtigkeit dieses besonderen Sommerabends passt.

Musik, die dem Ohr des Zuhörers schmeichelt und ihn nach dem Konzert mit angenehmen Emotionen in die milde, warme Juninacht entlässt.

Am 3. Juli folgt ein Gig mit *Irgendwie angenehm* im Bergedorfer Musikclub *Belami* an der Holtenklinker Straße. Das Konzert findet in zwei Sets statt und Karl sagt über diese Darbietung in kultigem Ambiente: *„Es war ein sehr schöner Abend mit vielen netten Gästen und einer wunderbaren Atmosphäre."*

\* \* \*

Ein weiterer wichtiger Meilenstein in seiner musikalischen Karriere ist Karls Auftritt im Kinderhospiz *Sternenbrücke*.

Als Ute Nerge zusammen mit anderen einen Förderverein gründet, aus dem 2003 das Kinder-Hospiz in Hamburg hervorgeht, ist es das Modell-Projekt für Norddeutschland, das sich der Thematik um Kinder mit unheilbaren Erkrankungen und begrenzter Lebenserwartung annimmt.

Frei nach der Losung von Cicely Saunders, der Gründerin der Palliativmedizin *Wir können dem Leben nicht mehr Tage geben, aber den Tagen mehr Leben* ist das Hospiz für die jungen Menschen und deren Familien oftmals die einzige und letzte Hilfe, um Kraft für den Alltag zu gewinnen und mit der Verarbeitung der Trauer und des Schmerzes umgehen zu können, wenn man sein Kind gehen lassen muss. Sterben ist schließlich der letzte Teil des Lebens.

Durch ganzheitliche Zuwendung wird in der *Sternenbrücke* ein vertrauter Raum geschaffen der es den Kindern und Jugendlichen mit begrenzter Lebenserwartung ermöglicht, ein würdevolles Leben bis zu ihrem Tod zu führen.*

Es ist für Karl keine Frage, ein Konzert für sterbenskranke Kinder zu geben. Als Ausdruck seiner im Glauben verwurzelten Lebenseinstellung, die vor allem geprägt ist von Nächstenliebe und Hilfsbereitschaft. Für ihn ist es keine Belastung sich für andere einzusetzen und Verantwortung zu übernehmen.

Es entsteht ein Konzert mit berührenden und kostbaren Augenblicken sowohl für Karl als Künstler und Mensch als auch für die Kinder, die er mit seiner Musik etwas von ihrem schweren Schicksal ablenken kann. Denn wenn Heilung nicht mehr möglich ist, werden andere Erlebnisse wichtig. Musik kann Trost spenden, mit einer Melodie, die das Herz berührt.

*„Ich konnte den Kindern ein wenig Balsam für die Seele schenken, auch wenn mein Herz innerlich bebte"*, sagt Karl über dieses einmalige, beeindruckende Gastspiel, an das er viele, tiefe Erinnerungen und Emotionen knüpft. *„Es war eine Erfahrung für mich, die ich niemals vergessen werde."*
Auch für 2015 ist ein weiteres Konzert im Kinder-Hospiz Sternenbrücke in Planung.

*\* Quelle: www.sternenbruecke.de*

„Nur wer die Sehnsucht kennt…!"


*Johann Wolfgang von Goethe*

## 11. Kapitel

Der Bodensee ist eine der beliebtesten Urlaubsregionen Deutschlands. Nicht zum ersten Mal wird sich Karl dort aufhalten.

Das urige Landhotel Martinsmühle, das sich etwa acht Kilometer von Lindau entfernt in Bechtersweiler an einen Hang schmiegt, ist ab Samstag, den 20. September 2014 eine Woche lang für Elisabeth und Karl Cyperski das charmante Quartier ihres Bodenseeurlaubes.

Von Familie Kirnbauer eingeladen, verbindet Karl diesen angenehmen Aufenthalt in dem Hotel im Grünen mit einem intensiven Musik - / Gitarren - Workshop, zu dem sich fünf Teilnehmer angemeldet haben. Fünf Stunden täglich erleben Karls Schüler bei Wein und gutem Essen einen ganz besonderen Gitarrenworkshop, eingebettet in die familiäre Atmosphäre eines Hauses, das sich durch wunderbare Gastlichkeit auszeichnet. In motivierenden Unterrichtsstunden vermittelt Karl mit viel Einfühlungsvermögen das Gefühl für das Instrument, das er so sehr liebt und macht den Musikurlaub der Gäste zu einem beispiellosen Erlebnis.

In den restlichen, freien Stunden des Tages, der von zeitweise durchwachsenem Wetter bestimmt wird, bietet die Bodenseeregion sehr viele Möglichkeiten.

Hier wird einem nicht langweilig. Das Angebot ist breit gefächert, von schönen Ausflugszielen über Sportangebote und Kultur bis hin zu exzellenter Gastronomie.

Und dennoch verspürt Karl eine unerklärliche Sehnsucht in sich, obwohl die schöne Woche wie im Fluge vergeht. Er erkennt, dieses starke Gefühl wird wohl immer ein kleiner, verborgener Teil in ihm und seinem tiefen Inneren bleiben.

Am 26. September 2014 endet der Aufenthalt im Landhotel Martinsmühle mit einem Konzert, das Karl für alle Gäste des Hauses gibt.

Der Lohn für einen gelungenen Auftritt ist der Applaus eines Publikums, das in seinen wunderbaren Stücken mit ihrem melodischen Zauber das Schwelgen lernt.

Anschließend fährt Karl mit Elisabeth für ein paar Tage in ein Familienhotel nach Luino, der größten Stadt am Ostufer des Lago Maggiore. Noch immer gefällt ihm die italienische Sprache und Mentalität der Menschen sehr, kennt er den Lago doch schon aus früheren Reisen und anderen Zeiten.

Ein Ausflug in das schweizerische Ascona, einundvierzig Kilometer von Luino entfernt, führt die Reise zu einem perfekten Abschluss.

Nach einem Spaziergang an der Seepromenade von Ascona genießt der Besucher am Mittag leichte mediterrane Küche mit frischen Salaten und Tessiner Spezialitäten.

Am frühen Abend, bei noch warmen Temperaturen unter südlichem Sternenhimmel, folgt ein angenehmes Abendessen vor der beeindruckenden Kulisse des silbrig schimmernden Lago Maggiore. Es sind mehr als diese Eindrücke, die Karl aus Ascona mit nach Hause nimmt.

Für ihn ist Ascona, die Perle am Lago Maggiore, ein schönes, schmückendes Andenken, das sich wie die feinen Glieder einer Kette um sein Herz legt. Damit beginnt die Verwandlung, der Zugang zur Magie, die sein Leben mit diesem Ort verbindet.

Das Jahr 2014 neigt sich dem Ende zu.

Neben dem *WESTIBÜL Band Projekt* gibt es am 26. Oktober 2014 im *Café Haus im Park* zu Brötchen, Marmelade und Antipasti Gitarrenmusik von Karl, der das Frühstück musikalisch auf der Gitarre begleitet. Das meist ältere Publikum schätzt die Untermalung in gemütlicher Atmosphäre des Cafés sehr. Mit Freude an Kulinarik und Musik bereichern viele Gäste den Event der Körber-Stiftung.

Im Dezember 2014, kurz vor Weihnachten, werden die Pläne für eine Asylbewerberunterkunft in Bergedorf-West umgesetzt, um zweihundert Asylbewerbern Unterkunft zu gewährleisten. Der andauernde Ansturm von Flüchtlingen erfordert diese Maßnahme.

Die Stimmung im Stadtteil ist gemischt. Mitgefühl und Ablehnung stehen im Raum. Schnell wird aber deutlich, dass die Mehrheit der Bürger in Bergedorf-West die Flüchtlinge willkommen heißt und das Verständnis angesichts ihrer Leidenswege wächst.

Nicht nur mit Kleider - und Spielzeugspenden für die Kinder wird geholfen. Ehrenamtliche Hilfe ist schnell gefunden und auch für Karl ist es selbstverständlich, dass er sich auf dem großen Willkommensfest am 17. Januar 2015 auf dem

Werner-Neben-Platz in Bergedorf-West musikalisch für die Neuankömmlinge engagiert.

Aus eigener Lebenserfahrung weiß er, wie wichtig Integration für Vertriebene, Flüchtlinge oder Aussiedler ist. Er erinnert sich nur zu genau, wie sich Sehnsucht, Fremde und Zukunftsangst anfühlen.

Musik kann Brücken schlagen.

Und das tut Karl in seiner ihm ganz eigenen zauberischen Art des Gitarrespielens, mit der er unmittelbar die Herzen der Menschen erreicht.

2015 folgen Jam Sessions im Projekt SOUND YARD, im gemütlichen Ambiente des *Jazz Clubs Bergedorf* am Weidenbaumsweg, direkt im Herzen der Stadt. Neben dem klassischen Cotton-Club in der City ist der urige Club wohl der beständigste Oldtime-Jazzclub Hamburgs.

Jeden dritten Dienstag im Monat zeigen ehrgeizige Newcomer und gestandene Musiker ihr Können. Das Projekt bietet eine Bühne der ganz besonderen Art. Wer einmal in diesem rustikalen Club war, spürt die Intensität und Leidenschaft zur Musik.

Die Erinnerungen hängen gerahmt an den Holzwänden. Zahlreiche Fotos von Auftritten bekannter Jazzgrößen werden zur Tapete.

Am 19. Februar 2015 gibt Karl Cyperski ein Fingerstylepicking Konzert für Demenzkranke. Mitten in Lohbrügge, im Mehrgenerationenhaus *Brügge* in der Leuschnerstraße 86, im KONFETTI-Café, dem Ort gelebter Inklusion.

Da Karl wie kein Zweiter, das lebendige Beispiel für Musik ist, die den Menschen von der Geburt bis zum Lebensende begleitet, ist es für ihn keine Frage, das Konzert in Lohbrügge stattfinden zu lassen. Musik fördert das Wohlergehen von gesunden, kranken, jungen und alten Menschen auf allen Stufen körperlichen und geistigen Bewusstseins. Sie vermittelt ein Gefühl von Glück, Gemeinschaft und Solidarität und entspricht ganz Karls Lebensgrundsatz als Mensch und Künstler auch benachteiligte Gruppen zu unterrichten und zu fördern.

So bietet Karl auch nach wie vor Gitarren - und Musikunterricht für Blinde und Sehbehinderte in seiner Musikschule an.

Er möchte damit auch diesen Menschen die Musik nahebringen, - das Gut, das für ihn nach der Liebe das Bedeutendste seines Lebens ist.

Sein Unterricht wird vielfältig gestaltet: hauptsächlich mit Saiteninstrumenten wie Gitarre, Ukulele oder Mandoline

- Percussion /Schlagzeug
- Gesang.

Frei nach Karls Glaubensbekenntnis:

*Das Recht Musik zu gestalten hat jeder!*

## Nachwort

Es ist schwierig ein Schlusskapitel zu schreiben, wenn die Musik noch nicht zu Ende ist und das Leben noch viele virtuose Momente und magische Visionen bereit hält.

Karl wird diese umsetzen. *ER* wird seinen Unterricht mit Sicherheit weiter ausbauen.

Er will zukünftig daran arbeiten, Erwachsenen, Kindern und Jugendlichen den Einstieg in das Gitarre spielen noch leichter zu ermöglichen.

Das Ziel ist es, sich in jeder musikalischen Situation frei und unbeschränkt ausdrücken zu können. Ungenau ist noch in welche Richtung diese Vision geht. Es kann sein, dass sich Schwerpunkte verschieben, Adressen, Menschen und Kulissen ändern.

*Ich mache Musik bis ich umfalle, - das ist mein CREDO"*, sagt Karl über sich selbst.

Dieser außergewöhnliche Musiker wird touren, ob allein oder in Formation. Er wird die Mixtur unterschiedlichster Stile und Rhythmen in exzellenter Spieltechnik weiter perfektionieren und uns in Konzerten darbieten. Beeindruckt werden wir seinen Fingern folgen, die den Gitarrenhals liebkosen.

Fasziniert werden wir in seinem Gesicht die betörende Wirkung jedes Tons wie in einem Spiegelbild der Gefühle wieder erkennen. Seine Musik wird uns hinreißen, egal, ob er eine spanische Ballade spielt, einen melodischen Blues oder mit dem Fuß den Takt zu einem flotten Song auf den Boden schlägt.

Jeder Ton wird mit Magie verzaubern, uns dann und wann vorkommen, wie im Rausch der Klänge geboren.

Ohne Musik wäre das Leben ein Irrtum, wusste schon *Friedrich Nietzsche*. Dieser Aussage folgend lädt uns Karls Gitarrenspiel in andere Sphären ein, egal ob im kleinen Klub oder auf der großen Bühne. Sein Programm funktioniert überall!

Er wird die poetischen Töne der Welt mit scheinbar mühelos fliegenden Fingern treffen, wenn er die Saiten präzise und atemberaubend schnell zupft, - es uns zuweilen vorkommt, als wenn er gleichzeitig drei Gitarrentypen spielt.

Der Künstler, der es schafft, solche Gefühle in uns auszulösen, ist auch als Mann von einer bemerkenswerten Intensität. Und zweifellos von ebenso großer Bescheidenheit. Eine Kombination, die anziehend macht.

Karl wird helfen und unterstützen, wo er kann.

Er wird versuchen, etwas von seinem eigenen Glück zurückgeben.

Er wird sich weiter für soziale Projekte engagieren, was ihn immer wieder aufs Neue motiviert und ihm das Gefühl gibt, Gutes zu tun. Für ihn ist nichts wichtiger als gemeinsam an einem Strang zu ziehen, in glückliche Gesichter zu sehen und etwas von der eigenen Kraft sinnvoll abgegeben zu haben.

Karl Cyperski wird sich auf seinen Reisen in südliche Gefilde weitere Inspirationen für Songs holen und seine eigenen Kompositionen für uns fühlbar machen, so als wären wir selbst dabei gewesen.

Im wahrlich schönsten Sinne wird er mit sanfter Wucht den berühren, der sich die Freiheit bewahrt hat, zu fühlen.

Musik ist Karls Zuhause im Leben, sein Anker, seine Liebe.

*Er ist der Saitenzauberer!*

**Anhang:**

Ausschnitte aus Songs des Texters Karl Cyperski

### My blooming red rose

Beautiful red rose, a rose aroses with rosy hue.
Beautiful red rose, a arose aroses as roses even do,
Beautiful red rose, made my heart sparkling new,
Beautiful red rose, with this warmth she does grew

### My little darling, my shining star

My little darling, my shining star,
You are so lovely fastened in my heart.
For this love, yes, for this love

My little darling, my shining star,
I kiss your lips, making light in your dark
For this love, yes, for this love

## Dreams we live together (A Waltz)

Cause we are what we are,
Dreams we live together,
Cause we love, as we love,
For now and forever
So all Dreams we live, may never end,
Cause we pray for the love we can

## Deep in my heart

Somebody changed this life into another,
Somebody worked it out and made it clear,
Somebody performed a new style of love
And arranged this love with you my dear

Deep in my heart,
There's a burning fire place, my darling
Deep in my heart,
You will get the love you need, my darling

Come in my arms and give your dreams a path,
Come in my arms and feel free as a bird above,
Come on my wings and let us flow somewhere
Come on my strings and let us be one in love

### *I wanna live to love you*


I wanna live to love you babe,
I wanna be patient and wait.
I wanna kiss you all the time,
I wanna feel you in my mind.

I wanna be your loving man,
I wanna be your heart n soul,
I wanna pray for your paradise,
I wanna be hypnotized.

I wanna suck you everywhere,
I wanna give you my shoulder,
I wanna see your underwear,
I wanna feel you in between.

I wanna give you kisses now,
I wanna send them only you,
I wanna give you all my body,
I wanna live only with you.

I wanna sing with you songs,
I wanna play guitar with you,
I wanna be with you enriched,
I wanna stay all life with you.

## Kompositionen:
## Die bekanntesten und schönsten Stücke


*Streetblues* for Carl Verheyen


*Where birds do not fly anymore*


*Namida…* (Sternentänzerin)
aus dem Indianischen


*Kerryland*
Fingerstylepicking


*Somewhere deep inside*


*Les Trottoirs de Paris*


*Ballade of Love*

**Der Musiker:**

Karl Cyperski wurde am 25. Dezember 1961 in Danzig/Polen geboren.

Seine Eltern, Wanda und Stefan, waren sehr musikalisch und von daher hat Karl mit großem Dank und Enthusiasmus die Gene von seinen Eltern mit Freude übernommen.

Karl hat klassischen Gitarren-Unterricht genossen und war im bekannten Danziger Chor eine der besten Gesangsstimmen. Später jedoch hat er von Klassik auf Rock und Blues, sowie Jazz und Fusion umgesattelt.

Karl spielt und spielte in verschiedenen Bands, Formationen, Ensembles und Orchestern, war und ist aber auch vielfach als Solokünstler unterwegs.

Seit 2013 ist er als Musiklehrer und Musiktherapeut selbstständig tätig. Karl lebt zurzeit in Hamburg-Bergedorf.

Musikschule:

KARL CYPERSKI

Gertrud-Bäumer-Stieg 59

21035 Hamburg

E-Mail: cyperski@nexgo.de

Website: http://www.rock-guitar-roll.de

## Die Autorin:

Rena Larf, geboren am 02. März 1961 in den Niederlanden, lebt als Literaturinterpretin/ Autorin in Hamburg-Bergedorf.

Zu ihren bekanntesten Werken gehören „Mord zwischen Bille und Serrahn", der Krimi aus dem Hamburger Stadtteil Bergedorf, erschienen im Verlag BoD und der Roman „Bartstoppelküsse", erschienen bei *feelings* emotional eBooks, Droemer Knaur.

Im Jahre 2008 gründete Rena Larf das Hamburger Literatur-Radio (HLR), einen Podcastsender für Literatur. Via Internet gehören Buchvorstellungen aktueller Bestseller aus Verlagen genauso in die literarische Botschaft wie klassische Weltliteratur.

Handwerklich solide und mit der Inspiration einer Künstlerin ist Rena Larf zur Literaturinterpretin des Web 2.0 geworden, dem Ort, an dem sich viele Menschen viele Stunden am Tag heimisch fühlen.

Das Projekt wurde im Rahmen der Kampagne "Geben gibt" nominiert für den Deutschen Engagementpreis 2010 und ist soziales Weltbeweger-Projekt © Stiftung Bürgermut

E-Mail: renalarf@web.de
Website: http://www.renalarf.de